恶女阿尤

咸良 著

金城出版社 西苑出版社
中国·北京

图书在版编目（CIP）数据

恶女阿尤 / 咸良著. -- 北京 : 西苑出版社有限公司, 2025. 8. -- ISBN 978-7-5151-1099-8

Ⅰ. I247.5

中国国家版本馆CIP数据核字第20256BG402号

恶女阿尤

作　　者	咸　良
责任编辑	高　虹
责任校对	王博涵
责任印制	李仕杰
开　　本	787毫米×1092毫米　1/32
印　　张	8.75
字　　数	137千字
版　　次	2025年8月第1版
印　　次	2025年8月第1次印刷
印　　刷	小森印刷（北京）有限公司
书　　号	ISBN 978-7-5151-1099-8
定　　价	49.80元

出版发行	**金城出版社有限公司　西苑出版社有限公司**
	北京市朝阳区利泽东二路3号　邮编：100102
发 行 部	（010）84254364
编 辑 部	（010）84250838
总 编 室	（010）88636419
电子邮箱	xiyuanpub@163.com
法律顾问	北京同清律师事务所　13001187977

目录

1	通话	001
2	叶攀	003
3	坠楼案	012
4	突发新闻	020
5	陈福军	028
6	调查开启	040
7	一手资讯	048
8	爆料	062
9	案发现场	070
10	对手	079
11	闹事	085
12	热搜	089

13	医患旧案	098
14	按兵不动	107
15	隐瞒	114
16	刘小龙	122
17	直播采访	144
18	审讯	160
19	走访	171
20	换位思考	187
21	网络暴力	201
22	恶母	217
23	机遇	229
24	舆论杀人	236
25	奇迹之生	245
26	大雪无痕	251
27	尘埃落定	258
28	尾声	269

1

通 话

"你要好好的,我都没想不开,你也没什么大不了的,放轻松,日子照常过,怕什么?"

"好,那……我们约好的……还算数吗?"

"当然算啊,100天嘛,你数着呗。"

"好。"

"不跟你聊了,困了,感觉药起作用了,明早还得上班,你也赶紧休息吧。"

"好,晚安。"

"晚安。"

耳机那头的女声道完晚安后,又传来一阵窸窸窣窣的声响,他知道她正取下耳机,调整到一个舒服的睡姿,这是一个她自己都可能没有察觉的小习惯，她总是在取下耳机调整好睡姿后，在闭眼前的最后一刻才挂断通话，他仿佛能想象到她又困又不舍挂断的样子。

叮咚，几声呼吸后，她终于结束了通话。

手机上跳出了"是否保存"的选项，他没有犹豫，输入了一个新标签："第37天"。然后，点击了"保存"。

2

叶攀

"各位,前一段时间大家都辛苦了,刘盼盼的新闻做得不错,特别是叶主编的新媒体团队,值得表扬。"廖建国微笑着冲叶攀肯定地点了点头,顿了顿,视线从叶攀身上离开,"大家再加把劲,把后续的报道跟完,这周末刚好是冬至,咱们本季度的聚餐就定在周末了,具体安排王主任早会后通知大家。"

廖建国是滨江传媒的总编,今年已经55岁了。自从新媒体风潮席卷而来,他便成了"半退不休"的角色。传统媒体出身的他,干了整整三十年报业,经历过无数个纸媒辉煌的时刻,没想到在知天命的年纪,却被新媒体的浪潮拍得摸不着头脑,连同那一身的文人气质一起,飘荡在互联网冰冷的海洋上。

5年前,纸媒发行量和营收双双断崖式下滑,曾经风光无限的滨江传媒集团和其他曾经辉煌过的传统媒体一样,一夜之间从盛夏直接滑入冰窟窿。

人才流失,利润下跌,眼看着智能手机已经人手一部了,报纸分分钟被扫进历史的垃圾桶,随时都可能关门停刊,集团高层终于坐不住了,改革迫在眉睫。

刚过完50岁生日的廖建国挂帅,有样学样地成立了新媒体部门,也刷起了微博,做起了公众号。形式容易搞,思维却不那么容易跟得上,明明手里攥着大把的新闻资源,却始终比那些小打小闹、靠蹭热点为生的网络作坊慢上半拍。就像一只粗笨的大象背上爬了1000只蚂蚁,挠心抓肺,再大的莽劲也使不对地方,纵有老当益壮的豪情,可当年纸媒时代打天下那一套不灵就是不灵了。

在业绩和名声的双重压力之下,廖建国痛定思痛,彻底放弃了高高在上的知识分子姿态,开始向曾经瞧不上的新媒体"野路子"学习。用了一年多的时间,终于勉强熬过了危机,把滨江传媒从死亡线上费力地拉了回来。正当他以为学会了新媒体的路数,摸清了时代脉搏,正准备驾驭这艘老牌航母驶入数字时代的主航道时,却没想到,一则民生新闻的反转,让这艘航母直接撞到了冰山上。

＃滨江在线＃今日上午,滨江南郊318国道发生重大交通事故,一辆旅游大巴冲破护栏坠入峡谷,疑有重大伤亡。目前,政府正组织救援。据悉,事故系一女司机驾驶的红色轿车违规逆行所致。愿平安。驾车请务必遵守交通规则,对自己和他人的生命安全负责。更多消息,稍后带来。

一手的新闻线索并非出自"滨江在线",而是来自一个没什么流量的小媒体,只是简单地通报了交通事故。可廖建国却嗅到了"传播的火药味"。当时新媒体团队的老大刘小龙心领神会,提炼出了女司机逆行的关键词,巧手一推,推倒了第一块多米诺骨牌,热心的人民群众再接再厉,女司机当天晚上就被推上了舆论的风口浪尖。

廖建国笑眯眯地看着飞速上涨的热度,还没有来得及享受胜利的果实，剧情却急转直下。受伤女司机仍在医院吊着石膏，却用后车的行车记录仪录像狠狠地回击了这一切——她没有逆行，无任何责任。媒体造谣，网络暴力，一桩桩一件件，像冰锥刺入廖建国的头皮。

当他在电视机前，看着那个哭得满脸鼻涕眼泪的女人在病床上愤然控诉媒体如何毁掉她的名誉和生活时，那一句句带泪的言辞，仿佛重锤，一下下砸得他头皮发麻、耳鸣阵阵。

一起民事诉讼，一项行政处罚，两个行业警告，还有三个月的反省自查。人民群众的口水荡起的巨浪拍翻了滨江传媒这艘航母。按廖建国的话讲，这就是真正的"水能载舟，亦能覆舟"啊。

滨江传媒元气大伤，集团老大抱着断臂求生的信念，大刀阔斧地改革：裁员三成，砍掉近一半亏损业务。刘小龙见势不妙，率先跳船，转头投身内容创业浪潮，成立了一个叫"小龙说事儿"的公众号，靠撩拨大众情绪再次起飞。而廖建国也在高层的安排下不再负责具体事务，差不多提前进入了退休状态。

这么大的改革动作，当然少不了一场振奋人心的"重头戏"。集团正式成立"新媒体事业部"，准备集中优势资源支持媒体转型，并且在全集团范围内招聘新媒体事业部主编，公开选拔，竞争上岗。

叶攀就是在这时候横空出世的。

在成为新媒体事业部主编之前的8年里，叶攀并不引人注目，在刘小龙的手下，活得干，事得做，但名声和好处全都落在刘小龙那里。她倒也不计较，用这8年时间练就了一身媒体人的硬功夫，她知道自己的能力，只等一个机会。

当新媒体事业部公开竞聘主编的时候，她其实已经胸有成竹了，既是名校科班出身，又有8年的纸媒磨炼资历，专业素质过硬，实战经验丰富，再加上她早已默默研究透彻新媒体的趋势……这一岗位对别人而言也许是一次机遇，但对叶攀来说，简直就是命运为她量体裁衣、精工定制的一场登台亮相。

表面上，廖建国仍然是这艘改组后轻型航母的舰长。可实际上，叶攀才是这艘新航母真正的掌舵人。

廖建国无可奈何却带着几分欣慰,世界是我们的,也是你们的,可终归是年轻人的,叶攀有想法、有能力、有干劲,也让他轻松了不少。所以,廖建国也想得开,甘心为这个后生护航。

眼瞅着几年过去,叶攀带着一帮年轻人干得风生水起,滨江传媒不仅重回一线,流量和营收创了新高,而且不少特色项目还能和行业大佬掰掰手腕。这时候,廖建国也开始筹划着彻底退休,叶攀已经能独挑大梁,他再占着位子也就没什么意思了。

所以,这个周末的集团聚餐活动,也算是承上启下:一来,是自己和同事们做个告别;二来,为叶攀的上升最后再铺铺路,在集团高层、政商关系和媒体圈里再推她一把,也算是功德圆满了。

早会结束,人群四散。叶攀走去茶水间,把信息不断跳动的手机扔在台面上,让眼睛得以短暂休息。趁着咖啡机轰隆隆加热的空档,她做了个伸展运动,扭动着被连日加班消耗到僵直的脖子,闭上眼,做了个深呼吸。可能是脑子里闪过了一路飘红的新闻数据,也可能是想起了总编的表扬,她的嘴角不自觉地扬起一丝满足的微笑。可一睁眼,一张瞪大眼睛的脸骤然出现在她面前,像是凭空从地底下冒出来的,让她心里一惊,笑意顿时变成了困惑,迎上那个新来的实习生女孩的目光。

"攀姐,咖啡……咖啡……"女孩皱着眉,两只手不知道该往哪儿放。

叶攀这才注意到杯子放偏了位置,滚烫的咖啡正顺着杯底淌到白色的大理石台面上,已经触到正疯狂震动的手机。她连忙摁下咖啡机的开关,两根手指飞快地拎起那台已经被咖啡沾湿的手机,目光在屏幕与蔓延的咖啡之间来回打转,另一只手则停在半空中,不知所措。

"攀姐,你接电话吧,我来收拾。"女孩没等她回应,就主动走上前,拿起桌布,在咖啡漫出桌沿的瞬间拦了上去。

叶攀点点头,看到手机屏幕上的来电,终于回过神来,懊恼地咬了咬嘴唇,一边接听电话,一边小跑着逃离香气四溢的茶水间。

"王老师,你好,你好……参加,参加……马上到马上到，有点事耽误了一下，对不起，对不起，好……好。"

她回到办公室，抓起外套，简单交代了几句，便急匆匆地跑出了大楼。这已经不是叶攀第一次忘记女儿的家长会了。

她像所有母亲一样，努力为孩子创造尽可能好的成长环境——但她始终怀疑，自己到底是不是一个合格的母亲。

不过有一点她倒是确定无疑：梁关绝不是一个合格的父亲。她至少还会赶去参加家长会，而梁关呢？恐怕连梁多多上几年级都不知道。

叶攀从后门溜进教室的时候，家长会已经开了一半。她摸到了多多的座位，讲台上的老师正投入地讲着关于儿童心理健康教育的话题。叶攀低头看向桌面上的成绩单，翻到那张只有70分的语文试卷，不由得皱起了眉头。

她还没来得及听清老师在讲什么，手机就"嗡嗡"地震了起来，微信消息瞬间弹满了屏幕。

突发新闻，没跑了。

她抬眼瞅了一眼台上的老师，又低头看了一眼手机，犹豫不到一秒，便弓起身子，从后门溜出了教室。

"多多妈妈，等一等！"王老师一边喊，一边快步从教室前门追出，想要拦下她，可已经看不到叶攀的背影了。她原想着这次家长会后好好和多多家长聊聊，没想到叶攀迟到就算了，连一分钟都没坐稳，就像兔子一样蹿了出去。

"这都什么家长啊……"王老师小声嘀咕一句，转身回了教室。

此时的叶攀，已经跳上出租车，同时拨着电话安排工作："让王欢带一组人去现场。滨江三院这条线谁跟的？赶紧去确认。我二十分钟后到办公室，准备好简讯等我。"

挂断电话，她拍了拍前座的椅背："师傅，滨江传媒大厦，麻烦快点。"

3

坠楼案

"都让一让，让一让，别在这围着了。"梁关一边驱赶围观人群，一边示意手下的人把警戒带拉起来。

看热闹的包围圈不情不愿地往后退了几米，一排手机举得老高，像360°覆盖的摄魂神器，对准圈里的"妖怪"，无所遁形。

梁关眉头紧锁，扫视着一片狼藉的现场。离他不远的一个年轻警察忍不住弯腰呕吐，梁关大喝一声："出去吐！别污染现场！"他瞪着那个被搀扶着往外走的警察，眼神慢慢收回来，依旧不满地咬着牙，狠狠咳了两声，把胃里翻涌的油条硬生生压了回去。

两具尸体横在住院大楼一侧不大的空地上，早已失去了人形，更像是两团被强行塞进衣服的肉块，缠绕在一起，扭曲成一种诡异的姿态。其中一具头部塌陷，仿佛一个泄了气的皮球，而另一具则像个装满颜料从天而降的"彩蛋"，在地上绽放出一朵红黄交织的"大丽花"。

现场太过惨烈，梁关实在不愿多看，甩了甩手，示意手下的人开始工作。全副武装的刑侦小队各司其职，很快忙碌起来。

梁关的视线沿着尸体所在的位置一路向上搜索，直到住院大楼顶楼的边缘才停下来。他顿了顿，又环顾周围的大环境。医院住院部这一侧的视野里，坐落着七八栋大楼，一座座居民楼和写字楼像是哥特式雕塑般环绕而立，紧紧挤在一起，使得梁关站立的位置终年难见阳光，荫翳沉沉，一股莫名的压抑感扑面而来。

"亮子，你看着现场，维持好秩序。小马，你带一组人去找目击者。"梁关指了指挤成一圈的大楼，小马的眼神也跟着扫视过去。

梁关把手按在小马肩膀上，又特意叮嘱了一句："角度很大，能找到监控最好。嗯……如果人手不够的话，向局里申请一下,让刘局再调一组人给你。"

两个小伙子狠狠点了点头,利索地跑开,各自去执行命令。

这时,一个干练的短发女警——明明,手里拿着电话快步跑向梁关,"梁队,楼层确认了。"

"走,上去看看。"

两人刚要动身,警戒带外围的人群中忽然传出一阵哭喊声。一个三十多岁的女人神情慌乱地挤进包围圈,眼睛通红,嘴里一遍遍喊着:"静静!静静!"

她不顾一切地冲向警戒带,两名警察急忙将她拦住。

女人看到尸体的那一瞬间,彻底崩溃了。她扑通一声跪倒在地,瘫软下去,眼泪汹涌而出,哭喊得撕心裂肺,嗓音好像被撕破,听不出原本的音色,只剩绝望。

梁关看着这个瘫倒在地、已无力挣扎的女人,挥了挥手,示意那两个警察松开。虽然这样的场面他已见过无数次,但每一次都让他心头发紧,难受得几乎要抓挠内脏。他眼神里满是同情与怜悯,忍不住叹了口气。

接着,他的目光转向那群如苍蝇般举着手机、争相拍摄这场悲剧的人群——厌恶感骤然升起。他狠狠地瞪了过去，冷冷地扫了一圈，随后在围观者中挤出一条缝隙，头也不回地穿过人群。明明紧随其后，小跑着跟了上来。

住院大楼10层早已乱成一团，病人和家属像无头苍蝇一样在楼道里嗡嗡乱转，脸上都是一副"出大事了"的表情，但大多数人其实并不知道究竟发生了什么。

像是被好奇心瞬间治愈了病痛，连卧床许久的病号都颤颤巍巍地把脚挪到了地上，慢悠悠地伸长了脖子，睁大眼睛，耳朵像雷达一般接收着四面八方的八卦信号。

梁关和明明一出电梯，就看见一个四十多岁、穿白大褂的矮个中年男人，双手颤抖地紧握着手机，旁边的警察阿达正在安抚他的情绪。

"情况如何？"

"梁队，这边。"阿达一边答应着，一边带路走向走廊深处。"死者是从这一层侧面的露台坠落的。两侧病房的窗户看不到露台，楼道尽头的那扇门是进出露台的唯一通道，目前已经锁了。"

梁关听着阿达的汇报，快步穿过人群，眼神警觉地扫视着两侧病房。

阿达麻利地打开链锁，用手背推开门。梁关瞄了一眼门把手，又看了明明一眼，明明立刻会意，点了点头。

露台呈半圆形，大约有篮球场三分线以内那么大。除了靠近门的地方设有一个水龙头和拖把池，还有一个垃圾桶，其他地方空空荡荡，什么都没有。

露台的水泥围墙大约有一米高，墙头上方还加装了一圈金属栏杆，高出墙头约十厘米，刷着白漆，比一般的水管还要粗，看上去结实牢靠，没有明显问题。

梁关探出头去看，楼下弧形的警戒圈里，隐约晃动着几个白点。他又抬头扫了一圈周围的楼群，在几个可能存在目击者的高点上稍作停留，随后转身将目光落回楼道与露台相接的那道门。

那是两扇对称的金属门，门上各有一块狭窄的玻璃。如果从楼道内朝这边望过来，他此刻站的位置，刚好处在那两块玻璃构成的视野交叉点。

"是你报的警？"梁关转头，目光落在站在身后的白大褂中年人身上。

白大褂赶紧点头，脸色煞白。

"你看到什么了，详细说一下。"

"我……我刚查完房出来，静静她妈妈就从那边楼道冲过来了，我躲闪不及，手里的病历被撞落了一地。我蹲下去捡病历的时候，朝门这边看了一眼，就看到她趴在栏杆上。"

他说着咽了口唾沫："后来她就靠着围墙坐下了，捂着嘴，好像吓坏了。我还以为她出什么事了，就过来看了一下，喊她，她也没回应。"

"然后呢？"梁关盯着他的眼睛，语气严肃。

"我就觉得不对劲，走到露台边上看了一眼，然后就……就看到了楼下的情况，然后我赶紧报警了。"

白大褂说完，梁关没有回应，眉头紧锁地思索着什么，"你确定没有再看到其他人……或那两个死者在露台上？"梁关太突然开口，手比画了一下楼下。

白大褂摇了摇头："没有看到。"

"还有没有其他人看到？"

"静静她妈妈跑出去的时候，楼道里好几个人应该都看到了。我离这扇门最近,就我一个人上了露台。"

"嗯……对了,您怎么称呼?"

"我姓王。"

"王大夫,从你上了露台到现在,有没有其他人上来?"

"没有。"

梁关沉默了几秒,长长吐出一口气:"医院负责人通知了吗?"

话音刚落,一个头发略显花白、五十来岁、戴着金丝眼镜、身形微胖的男人正大口喘着气,穿过双扇门走上了露台。

"这是我们管行政的刘副院长。"王大夫赶紧介绍。

刘副院长刚伸出手来要握手,梁关立即做了个手势制止:"事情大概了解了吧?"

刘副院长点点头,表情严肃。

"几件事。第一,把住院楼所有的露台先锁起来;第二,维持好医院内部秩序,别因为围观和好奇引起不必要的混乱,特别是医护人员;第三,在警方调查期间,随时会找一些人谈话，涉及医院方面的，请务必配合。"

梁关说完，顿了顿，又补充了一句："对了，还有一点要特别强调——在警方调查结束之前，务必不要造谣、传谣，不要随意对外发布信息。"

他说着，死死盯住刘副院长，语气不容置疑。

"我们一定尽全力配合，辛苦你们了。"刘副院长狠狠地点了点头。

"梁队，死者身份确认了。"明明从双扇门中钻出，将一个文件夹递到了梁关手上。

4

突发新闻

＃滨江在线＃今日上午，滨江三院住院楼两人坠楼身亡，其中一名死者疑似医院病人杨某某，另一名死者为医院工作人员李某。目前，警方已到达现场，更多消息，稍后带来。

伴随着这行黄色加粗的大号字幕，屏幕上依次播放着现场照片与视频交叉剪辑而成的影像。画面配以紧张悬疑的背景音乐，营造出令人神经紧绷的气氛。晃动的镜头里，警察正在疏散人群、拉起警戒带。那些令人不适的血腥画面已被厚重的马赛克遮挡，模糊处理后，仍隐约能看见红白相间的背景色。在马赛克未完全覆盖的边角处，还能辨认出条纹病号服和白大褂的轮廓。视频后半段，一个三十多岁的女人冲进现场，被两名警察拦下后突然瘫倒在地，情绪崩溃，大声哭喊。镜头先是从她的背影拍起，随后逐渐转向正面，最终定格在一个面部大特写上——女人脸上溢满痛苦与悲伤，占据了整个画面。

视频在女人表情的定格中结束，屏幕打出字幕：

滨江传媒"全民爆料"

拍客：秦福天乐

编辑：板牙苏

版权归滨江在线所有，请勿转载。

视频结束，整个视频组的人都表情紧张地盯着叶攀，双手不离鼠标键盘，等待着主编的指示。叶攀表情凝重，沉思了几秒，微微侧头，向站在一边的小左发问："死者身份求证了吗？"

"非官方求证了，基本准确，但医院和警方都还没发布正式声明。"

"嗯……"叶攀摁着键盘，又将视频快速过了一遍，"把'杨某某''李某'去掉，只保留'疑似身份'就行。还有，这个女人的镜头只用背面，正面影像先别放。"

她双手离开键盘站起，一手抱胸，一手抵住嘴唇，陷入思索。鼠标和键盘在屋内"啪啪"响动，十几秒后，编辑发出视频修改完毕的提示音。

叶攀点了点头："发吧。"说完，转身快步向办公室走去。

"攀姐，跟不跟？我感觉这事有料。"小左紧跟在她身后。

"你先别跟，再等等。一会儿王欢那边的现场画面回来，再做一版快讯。《新滨报》那边，有动静吗？"

"还没有。"

叶攀停下脚步，转过身来："去挖一下死者的网络痕迹，给我一个评估报告。实在搞不定的……找小黑。"

"好嘞！"小左脸上露出势在必得的兴奋神色，飞奔而去。

叶攀走进办公室,坐在椅子上,又看了几眼手机屏幕,思索几秒后,拉开办公桌底层的抽屉,拿出另一部手机,快速输入号码,拨了出去:"**给我点有用的信息……好,我等你消息。**"

做新闻讲究两点,一是"快",二是"准"。"快"可以收割关注度,"准"可以塑造权威。两者叠加,"快"而"准",当然是每家媒体梦寐以求的理想状态。可这两点往往难以兼得,是标准的"鱼与熊掌不可兼得"。

"快"但不"准",那不叫新闻,叫传闻;"准"但不"快",那是纪实,会饿死人。所以,新闻的艺术就在于:在有限的资源和时间内,尽可能地在"快"与"准"之间找到平衡。谁能算出这二者相乘的最大值,谁就是合格的媒体人;这,也是一个媒体机构安身立命的根本。

可自从"人手一部智能手机"的信息爆炸时代来临后,传统媒体瞬间丧失了"快"的优势。"快"值归零,即便再准确,最终也毫无意义。这正是当年廖建国被打翻在地的根本原因——新媒体飘在空中的一阵"快拳",打得他措手不及,连赖以生存的马步都没来得及扎稳,不摔跤才怪。

在廖建国被时代巨浪吞没之时,在刘小龙踩着风口浪尖扶摇直上的时候,在无数人左右摇摆、纠结迷茫的时候,叶攀却始终清醒地站在岩壁之上,将自己的根深深扎入山体。

潮水会退,泡沫会碎,沙滩终将被抹平,唯有岩石,依旧屹立在那里,俯瞰着那一群雁过无痕的众生。

所以,叶攀当年在众多自媒体红利的诱惑之下,仍然选择留在滨江传媒这个垂垂老矣的传统媒体,并不是没听见传统媒体一片片搁浅翻船的凄凉挽歌,也不是没看到自媒体快艇冲上时代浪头的蓬勃前景,而是她太清楚那艘"快艇"有着生若浮萍的命门。

人人都看见了滨江传媒那沉重的船身拖慢了新闻的节奏,却少有人意识到:昨天让航母转向迟钝的笨重结构,恰恰是今天劈开海洋、迎风破浪的钢铁之躯。

叶攀上任后,主导滨江传媒转型,做了两件大事。

第一件,是建立"全民爆料"平台并大力推广。她招募了大量拍客与爆料人,并建立起一套清晰的质量评估标准，对每一条爆料进行分类分级，依据内容质量与传播效果支付报酬。于是在每一个新闻现场，都多了无数双眼睛。

"少养一个记者，多买一条线索"——通过这种模式，新闻采集的速度和效率被极大提升。与此同时，经验丰富的专业人士则被重新部署到编辑室、屏幕前、素材整理区，把真正的专业力量集中用于内容深加工。

用无数艘"快艇"给航母探路，这就解决了"快"的问题。

就像刚刚发布的医院坠楼事件第一版快讯，就是来自一位拍客第一时间捕捉到的现场画面。

"全民爆料"平台的逐步扩张，就像一个黑洞，吸收着这座城市每一个缝隙里潜藏的新闻线索。线索是媒体的食材，只有源源不断的新鲜原材料送进"后厨"，大厨才能施展厨艺、做出好菜。正所谓巧妇难为无米之炊。

叶攀的爆料平台投入巨大，却也换来了城市中大多数新闻线索的掌控权。她牢牢垄断了供给，让那些竞争对手空有一身手艺，却"心中有勺，锅中无米"，使不上劲，只能干着急。战斗尚未打响,敌军已然溃散——这,才是不战而屈人之兵,善之善者也。

媒体,说到底就是一门贩卖信息的生意。叶攀深知,再高尚的理想,也必须有现实支撑。支配现代社会运转的,从来不是思想境界,而是经济规律。

她做的第二件大事,是建立一套对线索准确性进行快速求证的规范体系。每一条线索的审核,都要经过多视角的认证。这些视角不仅仅包括不同拍客、爆料人提供的第一手素材,还有传统媒体时代几十年积累的高级内容资源。

当然,她还专门组建了一支网络监控团队,使用专业工具对互联网消息源进行持续监测;甚至将一部分边缘类、深度类调查外包给更具渗透力的网络团队。

三管齐下,从概率角度,已基本覆盖了大多数新闻事件可能出现的视角。即便存在盲区,也能通过"爆料人负责制",有效把握法律风险。

正是因为建立了这样一个多角度的求证体系,叶攀的团队才能在"快"的基础上,尽可能避免当年廖建国所犯的那种低级失误。也正因如此,他们才能在极短时间内确认死者身份，并据此判断新闻价值。护士与病人双双坠楼，这样的事件，不只小左觉得"有料"，叶攀也早就察觉到其中的不寻常。这类组合在新闻语境中，往往意味着情感、职场、医疗系统等潜在冲突，极易引发舆论反应。因此，她才让小左去追查两名死者的网络痕迹，以便进一步评估事件的深度与方向。

尤其是那名护士——叶攀的直觉告诉她，这个人，值得深挖。

5

陈福军

陈福军在推开病房门前,先向走廊尽头瞄了一眼。那边的露台前已经拉起了黄色警戒带。刘副院长大口喘着气,从他身边走过,在一名警察的引导下穿过警戒线,推门进入露台。

"叮"的一声,手机屏幕亮起:1000元到账,备注是"基本费用"。

陈福军扫了一眼,嘴角浮起满意的笑。作为滨江传媒"全民爆料"平台的一级合伙人,他对这次迅速反应感到非常满意。

当然,所谓"合伙人",并不是真正意义上的参与者或股东,而更像是平台认证的一种称号。而"一级"这个等级,是平台根据爆料人的线索数量、准确性、内容质量等维度,做出的综合评定。

三年前被滨江传媒裁员的那天夜里,陈福军像是一下子老了十岁。

他在这里当了整整十年记者,把自己最好的青春都奉献出去了。最终,却被毫不留情地扫地出门。走出大楼的那一刻,陈福军茫然地站在人行道上,不知道自己还能做什么。

那一幕,几乎和他第一次走进城里的场景重叠了。

当年,他考上了滨江职业技术学院。为赶上入学报到,足足赶了几天山路,当时身上只有308元,那是家里能拿出的全部积蓄。城里的同学难以理解,在这个年代,怎么还会有人穷成这样?

可陈福军既解释不了,也没心力解释。怀疑和批判是有钱人才能享受的生活方式,而他,最现实的目标只有一个:活下去。

靠着校内外勤工俭学,以及助学金和助学贷款,他终于熬完了三年学业。不仅没再从家里拿过一分钱,还时不时往回寄点钱贴补家用。

毕业时，班上的同学大多都排队进厂，顺着院校对口安排，成了科技工厂里的高级技工。可陈福军却有一个别人无法理解也不敢相信的念头——他要当记者，还要进滨江传媒当记者。

只有大专学历，专业也不对口，还想进滨江传媒当记者——怎么看都像是天方夜谭。可陈福军有自己的理由：如果不是滨江传媒，他也许这一辈子都无法从大山里走出来。

在那个物质和精神都极度匮乏的童年时代，陈福军唯一的精神食粮，就是一摞摞过期的《滨江晚报》和一沓沓旧《滨江夜读》。

学校里有位教语文的老教师，每个月都会进一次城。回来时，总会带一堆报纸和杂志。据说，那是他在印刷厂工作的儿子送的。印刷厂里经常积压着一些印刷质量不达标，或是卖不出去的报刊，老教师觉得可惜，就捎了回来。在那些报刊被垫桌脚、糊墙面之前，它们曾是全校学生手中最宝贵的"读物"。

到了中学阶段，随着许多同学的父母陆续南下打工、逐步脱贫，他们对"好东西"这几个字有了新的理解。只有陈福军仍雷打不动地读完报纸上的每一个字，就像他那思维不够灵活的父母一样，执着地守着那一亩三分地，从未想过要离开故土南下。陈福军也守着这份报纸，从小学三年级到高中毕业，再到大学三年级，一直如此，从未间断。他想，这大概就是一种"遗传"。

也许是陈福军的坚定与真诚打动了面试官，那一年，他成为滨江传媒唯一一位被录用的专业不对口的专科毕业生。但他很清楚，自己并不算优秀。因为与他同时入职的新人中，有一个名字叫叶攀的人。

有时候，只有拿别人当镜子照一照，才能对自己有一个相对准确的认识。

陈福军觉得，和自己相比，叶攀就是另一个世界的人。不是说她有高高在上的姿态，或者优越的背景，而是她彻底刷新了他对"优秀"两个字的认知——比你优秀的人，比你更努力；才华横溢，却又低调谦虚。自己肚子里的那点墨水，在真正的才华面前，就像绣花枕头，不堪一击。而他曾经感动自己的"坚持读报",现在看来,更像是小孩子赌气一般的幼稚。

陈福军也逐渐明白了刘小龙为什么招他进来。当然不是因为看中了什么才华,而是看中了一副吃苦耐劳的好身体。没错,很多时候,记者就是个体力活。

这一点,从工资上看得最明白。同样是记者,同样的入职,陈福军只有1500块的起薪,而叶攀则是6000块。不过他一点也没觉得不公平,甚至,能和叶攀一起工作,让他觉得很幸运。在刘小龙的折磨下,每当觉得生不如死的时候,看看一旁同样被折磨得死去活来却咬牙坚持的叶攀,陈福军就觉得这点磨炼也不算什么了。几年来和叶攀同组共事,不仅让他练就一身记者的硬功夫,更让他意识到一个问题:有些东西,不是靠努力就能得到的。

叶攀天生是做新闻的料,不论是挖线索、找选题,还是做编辑、考文笔,不论内外,她在同期甚至整个组中,都是独一无二的存在。而陈福军也越来越发现,他不是咬文嚼字的那块料,新闻敏感性不够,对问题的理解层次也欠火候。倒是混在市井人群中,在人际往来上逐渐磨出了些心得，可能是没有攻击性的气质让人更容易产生信任，几乎所有人都愿意和他聊一聊，一来二去，在闲聊中，新闻线索就像豆子一样，一颗一颗地蹦出来了。

传统媒体红火的那几年，就靠着跑线索的本事，陈福军也能在1500元的底薪上累出上万的提成。那时候，只要肯努力，即使能力有所差异，成绩也都不会差太多。

可传统媒体开始滑坡，人和人的区别就显现出来了。廖建国退了，刘小龙"下海"了，叶攀升了，陈福军却下岗了。

裁员总得找个借口，学历就是第一道坎。陈福军被安排得明明白白，将近十年的记者生涯就此终结。眼看着上有老下有小，中年失业，家底比纸还薄，陈福军心里不是一般的慌。

可天无绝人之路，没过多久，新的机会就来了。叶攀要做"全民爆料"平台，需要签约一批有经验的记者作为第一批拍客，第一个就想到了陈福军。虽然是无底薪、按劳计酬的模式，但对他来说，简直是救命稻草。陈福军感激叶攀，叶攀也信任陈福军，陈福军便用自己的天赋和经验,再加上勤奋,来回报这份信任。

塞翁失马,焉知非福。从记者到独立拍客,反倒令陈福军放开了的手脚。他搭上了"全民爆料"平台发展的快车,几年时间,不仅成了平台内的顶级拍客,还成立了自己的拍客工作室。乘着滨江传媒新媒体改革的东风,一时干得风生水起。

陈福军将饭盒放在病床边的小桌上,把陈天乐手中的手机抽出来:"吃饭了,儿子。"

秦丽这时候也从外面凑热闹的人群中回到了病床边,利索地拿出碗筷,贴上饭盒一摸,白粥已经泛凉了。她转头白了陈福军一眼,陈福军尴尬地嘿嘿一笑:"我再去买一份?"

秦丽手上的动作没停,拿出一个大盆,没好气地说:"不用了,等你买回来,年都过完了。"说着就拧开保温壶往盆里倒热水,把饭盒放进了盆中。"叫你别给他买手机,你看,上瘾了吧,自打睁开眼一直盯到现在。"

陈福军一回头,陈天乐果然又把手机拿在了手里。

"乐子,别玩了,吃饭吃饭,再玩眼睛都快瞎了。"

听他这么一说，秦丽立刻用胳膊狠狠地捣了他一下，回头瞪了他一眼，陈福军这才意识到自己说错话了。

陈天乐今年8岁了，但和其他8岁又跑又跳的孩子不同，他显得过于安静。一开始，他们以为孩子只是性格孤僻，直到一年前的某一天，陈天乐突然不能说话了，陈福军夫妇才意识到问题的严重性。

查来查去，说是脑子里有个阴影，叫什么综合征来着，放眼全世界都没有特别有效的治疗手段。夫妻俩不认命，到处求医问药、上香拜佛，最终还真找到了一家医院。

滨大附属三院当时几乎是拍着胸脯保证没问题的，说他们独创的"闭针疗法"专治陈天乐这种疑难脑病。虽然夫妻俩一开始都将信将疑，陈福军也在网上查到大量负面评价，但一边是宣传中铺天盖地的"治愈案例"，一边是秦丽老家的父母找土神仙算了一命，认准这里就是孙子恢复健康的"福地"，夫妻俩也只能抱着希望试试看。

可真进了治疗室，看到"闭针疗法"的过程——钢针在孩子身上扎出一个个骇人的血窟窿，陈天乐痛得表情扭曲、几乎晕厥,却一句话也说不出来的时候,陈福军的眼泪都快要掉下来了。

陈福军和秦丽虽然都不是什么高学历的人,但好歹也读过书,思来想去,这"闭针疗法"怎么看怎么像伪科学。

看着一批又一批从乡下来的人把孩子狠心送进治疗室,再看着那些不再治疗的人想退款却拿不回几万块钱的治疗费用,陈福军一怒之下,把滨大附属三院给曝光了。正好那时碰上一个叫刘盼盼的女孩,出了个极端案例,叶攀拿着陈福军偷拍到的大量一手资料,把滨大附属三院送进了全国人民的口水中。

会闹的孩子有奶吃,滨大附属三院为了息事宁人,退还了陈福军几万块钱的治疗费。陈天乐的病耽误不得,夫妻俩赶紧把他转入了滨江三院,先做常规保守治疗,等待进一步的专家会诊。

没想到刚住了不到一个月,陈福军就在病房楼里,碰上一条跳楼的大新闻。

"哎,老婆,你知道出什么事了吗?"陈福军故作神秘，眼神挑了挑外面。

"听说，是有人跳楼了。"秦丽一下子提起了兴趣，她一看陈福军那样，就知道他肯定知道点什么。

"还是两个，就在咱这层。"陈福军压低声音，看了看正在安静吃饭的陈天乐，确认他听不到，才接着说，"记得老和咱儿子一块玩的那个小姑娘吗？"

"啊？就那个……跳楼的是静静啊？"秦丽像是突然反应过来，眼睛瞪得老大，声音却压得不能再低，一副难以置信的样子。

"另一个你也认识。"

"谁啊？"

"李护士。"陈福军看秦丽想不起来，提醒道，"就那个经常扎马尾，还老板着脸的那个。"一边说，一边还用手在脑袋后面比画着。

"哦……"秦丽拉长了声音，努力地回忆着，"我知道了，就那天和静静的妈妈在楼道里吵架的那个嘛。"

"李护士和静静妈吵架了？"陈福军眼珠一转，像是突然触到了什么敏感神经。

"那天你不在，全楼道都听到了，吵得可凶了。"

"为什么啊？"

"我倒是没听清，好像是给静静打针没扎好，还凶，静静妈就不干了。"

"啊？"

"现在的小护士啊，脾气可大了，业务能力又不行，还总怪别人。上次乐乐的针，也是被那个小护士扎坏的。"

"听没听说她们吵什么了？"

"我听小文的妈妈说，好像听到一句，'要不然就去死吧'，反正小文妈是这么说的——这是原话哈。"

"啧啧，看不出来啊，挺漂亮一小姑娘，这么厉害呢？"陈福军像是在自言自语，眼神盯着天花板的角落，脑子飞快地旋转着。

"哼，就那身皮囊漂亮，没准里面都坏透了呢。"秦丽这话酸溜溜的，陈福军赶紧笑呵呵地岔开了话题："老婆，你陪着儿子，我去周围打听打听。"

秦丽知道他在想着工作，立刻应允："去吧去吧，小心点啊。"

陈福军出了病房，秦丽回头看了看陈天乐，皱了皱眉，心里琢磨着要不要告诉他静静的事。她犹豫了几秒，最终还是放弃了。这时，她的手机屏幕弹出一条突发新闻：

＃滨江在线＃今日上午，滨江三院住院楼两人坠楼身亡……

6

调查开启

"今天上午大概 9:05 的时候,你在哪里?"梁关面前摊着两摞身份资料,对面的女人双手紧握,"不用紧张,我们就是了解一下情况。你看到了什么,如实说就行。"

当班医生的办公室被临时腾出来给警方使用,王医生也积极配合,协助警方寻找可能的目击者。此刻坐在梁关对面的,是女孩同病房病人的家属。看打扮像是从农村来的,她犹豫了几秒,才开了口。

"我搀着我妈出去转了转,刚回到病房门口,就听到李护士的声音。李护士好像在和小姑娘吵架,好凶的。"

"你听到她们在吵什么?"

"我只听清了一句,李护士说'要不就不活了,一起死啊',其他的都没听清。"女人方言很重,但梁关还是听明白了。

"听到小女孩说什么了吗?"

女人摇了摇头:"没听到。"

"然后呢?"

"然后李护士就出了病房,看上去气得不行。李护士脾气不好,好凶的,我都好怕,赶紧闪到一边让开了路。哦,李护士还瞪了我一眼。"

"嗯,然后你就进了病房?小女孩呢?"

"我搀着我妈进去,小女孩就坐在床上,还冲我笑了,静静好乖的。"

"说什么了吗?"

"没有。"

"静静的妈妈在病房吗?"

"没有。"

"八点多的时候,一个男人来看过静静。那时候你在病房吗?"

"在的。那个男人来了之后,看了一眼静静,就叫静静的妈妈一起出病房了。没几分钟,我就和我妈下楼了。"

"你们出去的时候,静静妈和那个男人都没回来?"

"没有。"

"那个男人和静静妈是什么关系?你知道吗?"

"好像是在和静静妈谈对象,来过几次,只知道姓魏,别的就不知道了。"

梁关皱了皱眉,顿了顿,觉得没什么需要问的了:"你先回去吧,有什么我们再找你。"

"警察同志,跳楼的真是静静?"女人出门前还是忍不住回头问了一句。

梁关没有回复她。

接着进来的是一个年轻护士。

"今天上午大概 9:10 的时候,你在哪里?看到了什么?"

"我在 11 号病房给病人扎针。因为知道这个病人血管不清晰,比较难扎,我从配药室去病房的时候,叫上了李悦,让她帮我一下。但到了病房才发现,少拿了一支药,李悦说她回去拿,我就先做准备工作。"

"你看到静静的妈妈了吗?"

"看到了。李悦出去大概一分多钟吧,我做完准备工作就一直在等她。我有些着急,就看着病房门口,然后就看见静静的妈妈跑了过去。"

"她跑得那么快,你看清楚了吗?"

"没看清脸,但肯定是她。她经常穿一件红色的大衣,这一层的人都认识她。"

"李悦当时的情绪怎么样?"

护士想了想,抿着嘴摇了摇头:"不太好,看上去很生气,脸都有点红。不知道是在生谁的气,配药的时候还不小心打碎了一瓶药。"

"你没问她为什么生气吗?"

"没有。生气倒也正常,护士嘛,有时候会被一些病人为难。我想着李悦可能是被哪个病人为难了吧。不过忙一会儿也就忘了,大家都这样。"

"李悦是一个什么样的人?你们平常接触多吗?"

"嗯……接触不多。她才调来我们病区不到一个月吧，我们这也只是第三次排到同一班。上班那么忙，根本没什么时间了解别人。"

"她有没有跟你特意说过什么？或者跟你吐槽过什么？比如某个病人。"

"嗯……"小护士努力地回想着，"没有吧。对了，就是有一次提到静静和她妈妈的时候，她挺激动的，好像不太高兴，不知道为什么。不过我也记得不是很清楚，毕竟护士空闲时偶尔聊聊病人，也挺正常的吧？"

"她具体说了什么？"

"真不记得了，就是随便聊聊。"小护士摇了摇头。

"嗯，知道了。你先去工作吧，记起什么事随时跟我们说。"

小护士点了点头，眼神里带着疑惑，转身出门前欲言又止，最后还是没开口，出了门。

梁关又接连问了三四个人，再配合上楼道里的监控，当天早上的情况算是基本清楚了。

8:33，魏强来到病房，把静静的妈妈尤茜叫了出来。两人在楼道里说了几句话，看样子主要是魏强在说，内容不明。但尤茜听完后显得很犹豫，随后两人一起去了露台。露台没有监控。根据当时到露台放拖把的保洁员描述，当时他们俩在露台上抽烟，至于具体说了什么，她并不知道。

8:40，魏强从露台回到走廊，但并没有返回病房。路过静静的病房时，他朝里瞅了一眼，然后直接乘电梯下楼了。在这之前，那位中年女人已经搀着她母亲离开了病房，因此这段时间里，病房里应该只剩下静静一个人。

8:45，尤茜返回病房。但仅仅三分钟之后，她又从病房里出来，靠在病房外的墙上，情绪看起来不太好。她在楼道里来回踱步，8:50，乘电梯离开。

9:02，李悦进入病房，给静静打针。3分钟后，李悦离开病房，恰好在门口遇到了搀着母亲回来的中年女人。根据监控中李悦使劲的动作和神情，以及中年女人的描述，李悦当时的情绪确实不太好，应该是和静静发生了争执。

9:11，张珊，也就是刚才那位小护士，与李悦一同进入了斜对面的10号病房。他们刚进去，静静便从病房出来，独自走上了露台。李悦随后从10号病房出来，本来是要左转，但回头看了一眼，应该是看见了静静刚穿过露台的门，于是也跟了过去。

9:14，静静的妈妈回来，向病房里看了一眼，应该是发现静静不在，又转头看了一眼露台的方向。像是突然看到了什么，她猛地冲向露台。在经过最靠近露台的13号病房时，王大夫刚好从病房里出来，静静妈还碰掉了他手中的病历。王大夫大约花了几十秒捡起散落的病历，然后犹豫着朝露台方向望了一眼，就看见静静妈正趴在栏杆上，接着靠着围墙瘫坐在露台地上。

王大夫这时觉得不太对劲，走上露台，想扶静静妈，却怎么也扶不起来，问什么也没有回应。他往栏杆外一探头，看到地面上的两具尸体，立刻报了警。报警时间是9:17。

王大夫报警后，又喊了静静妈好几分钟，她才慢慢回过神来，接着跟跟跄跄地往楼下去了。等她赶到楼下时，警方已经开始封锁现场。医院对面就是公安局，接到报警电话后不到十分钟，梁关就已经带队赶到了现场。

梁关在纸上画出这一层的布局图，并标出几个关键目击点的人员与位置。楼道里的情况已经非常清楚，但病房内没有监控，露台上也没有监控。到底在病房里和露台上发生了什么，目前来看，都没有可靠的答案。而这，恰恰是案子中最关键的部分。

从监控与证言来看，李悦和尤茜都曾在早上的某个时间段单独与静静在病房中相处过几分钟。她们之间到底发生了什么？

梁关想到这，觉得有些头疼。空想不是办法，目前看来，只能等尤茜开口，才能知道更多的内容。可问题是，尤茜此时情绪已经彻底崩溃，受打击过大，当场晕厥，现在还躺在病床上没有醒来。

"小马那边有消息吗？"梁关把希望寄托在周围大楼的目击者身上。

明明看了眼手机，朝他摇了摇头。

"让小马继续找吧，再仔细点。"

梁关说完，看了下表，已经过了中午十二点。眼下尤茜短时间内也醒不过来，他便对旁边守了一上午的王大夫说了句："你先照顾好静静妈。"然后朝整个上午忙个不停的几个年轻警察挥了挥手："走吧，先吃饭去。"

7

一手资讯

陈福军回到10楼,刚下电梯,就碰上准备下楼的梁关和几个警察。他们正好上了另一部电梯,陈福军条件反射地一闪身,梁关应该没看到他。

叶攀结婚的时候,他们俩算是认识了,后来单位聚餐也碰过几次面。但自从陈福军离开滨江传媒,两人就没再有什么交集。他知道梁关是刑警队的,却没想到会在这儿遇上。既然警察都已经介入了,那这事肯定没那么简单。

陈福军说不清自己为什么要躲着他,像是做贼心虚一样。但现在他顾不上考虑那么多了,从4楼病区搞到的消息已经足够让他震惊,现在缺的只是一个当事人的表态。如果能从静静妈口中得到他想要的答案——这绝对会成为一个爆炸性的新闻。

记者的思维和警察是完全不同的。虽然看似都在为了"真相"奔忙,但真相和真相之间,其实也有天壤之别。

警察办案,讲究的是证据。虽然在推理探案时也需要想象力,但这些想象除非落在确凿的证据上,不过是在脑子里兜圈子,寻找一种"可能性"而已。一旦失去关键证据的支撑,即便整个事情看上去再合理、故事听起来再精彩,也无法作为定论。所以,警察探案的重点,是搜寻决定性的证据——那种和人的主观意识距离越远越好的证据。

而记者的思维就要活跃多了。在搜索证据的同时,他们的脑海中不停地上演各种各样的小剧场。证据重要吗?当然重要。但冷冰冰的证据本身是没有想象力的。记者想要的,是能让这些冰冷证据"受热膨胀"的动力。连接群众的想象力,才是记者的拿手好戏。

而要制造能够发酵群众想象力的"热力",当然和人的主观距离越近越好。

至于结论,并不是记者关注的重点。新闻有时候更像是一场大型群体互动实验：媒体引火，群众添柴，想象力就是推动火势蔓延的野风。至于这火会烧到哪里，什么时候灭，能不能灭，那不是媒体的关注范畴，那是警察的事情。

此时的陈福军，已经将引火的干柴搭好，就差静静妈这一根火柴了。他从病房门口瞄了一眼，尤茜还在昏睡。他趁着这个空当，整理起了从4楼那边拿到的录音。

"你认识李悦多久了？"

"两年。"

"李悦是一个月前被调去10楼的，是吗？"

"是啊。"

"知道为什么吗？好像医院护士换科室调动并不常见。"

"嗯，李悦前段时间不小心烫伤了一个病人，是个小男孩，然后就被病人家属投诉了，闹得可厉害了。"

"后来怎么处理的呢？"

"还能怎么处理？给小孩赔了医药费，又当众道歉，最后还扣了半个月的工资。"

"那时候，李悦的情绪怎么样？"

"还能怎么样？李悦脾气那么倔，刚开始不服，后来还不是乖乖地道歉去了。"

"然后李悦就被调走了？"

"对，不过我觉得也不一定是因为这事才调走的。"

"还有别的事？"

"嗯……我给你找个人，让她跟你讲。可精彩了。"

"我还有个问题。你觉得李悦是不是那种报复心很重的人？或者有没有可能，一冲动、一生气，就做出比较极端的事情？"

"这个……不好说。不过她确实是个自尊心很强的人。那天给小孩妈妈道歉的时候，我看她都快要爆发了，吓得我赶紧上去岔开了话题。其实那小孩妈妈说话也够损的，换谁听了都难受。"

……

"你在这个科室工作多久了？"

"5年了，这里的事没我不知道的，你就随便问吧。"

"李悦被调走，是因为烫伤小男孩那件事，对吧？"

"明面上是因为这个事，可我们主任早就想把她调走了，这只是个借口。"

"主任为什么想调走她？"

"还不是和孟医生的事，闹得沸沸扬扬。"

"孟医生？"

"孟医生是医科大学毕业的博士，妥妥的高才生。半年前分到我们科室，人又帅，家里还特别有钱，据说有好几套别墅呢。就这条件，楼上楼下一堆小姑娘盯着呢。"

"和李悦……"

"听我接着说。你说这人啊，还真不能光看外表。你别看李悦这小丫头人畜无害的模样，那小手段多着呢，还真就把孟医生给勾搭上了。"

"他们成了情侣？"

"要是谈恋爱也就罢了，偏偏不是，你猜怎么着？孟大夫的原配夫人从科室一路闹到院长那里去了，啧啧。"

"啊？孟医生结婚了？"

"可不是吗？小姑娘的心眼谁不知道，以为抱住了孟医生的大腿就能嫁入豪门。可再怎么野心大，也不能当'第三者'吧？这就不好了，是不是？"

"嗯，那孟医生的老婆……"

"孟医生什么条件？他老婆还能差吗？那身段，那气质，哪是那些小狐狸精能斗得过的？你就算一时半会儿把人勾走了，人家一清醒，指定还是不会要你。难不成还指望人家离婚来娶你？也不掂量掂量自己啥条件。"

"医院是怎么处理这事的？"

"这事传出去，领导脸上也没光。刚好赶上李悦烫伤小孩那事，医院就赶紧把她调走了，没开除都算好的了。"

"那孟医生呢？"

"孟医生被他老婆揪回去了呗，认个错，该咋样还是咋样呗。"

"没有把孟医生也调走？"

"怎么可能？你想什么呢？科里好不容易抢来一个高才生，留都留不住了，还主动推走？不过这一闹，那些天天撅着尾巴往孟医生身上蹭的小妖精，倒是清静多了。"

"那……"

"还有更精彩的呢！你知道他老婆是怎么找上门的吗？"

"怎么？"

"据说是另一个小姑娘给捅出去的。啧啧，'小四'为了上位，用原配除掉'小三'，这戏码，电视剧都不敢这么演吧？这些小狐狸精，一个比一个狠。"

"嗯……"

"李悦这丫头也不简单。为了赖上孟医生，竟然拿肚子里的孩子去威胁。你说现在这些小姑娘，是不是言情小说看多了？一个个脑子都有病。"

"李悦怀孕了？"

"打了呗，原配还能让她留着？"

"你觉得李悦是不是那种很容易冲动的人？或者说，报复心比较重的？"

"哎，还真让你说对了。这种丫头我见得多了，还真得防着点，指不定哪天就把你给阴了。"

"李悦喜欢小孩吗？比如说，那种住院的小病人。"

"那可说不准。你想想，把小孩烫伤了，被人家妈妈一顿治；自己怀了个孩子，结果又被打掉了。就算以前喜欢孩子，现在怕是也变味儿了。哎，张主任说你家孩子也在这住院？"

"嗯，是。"

"哎哟，那你可得多个心眼。遇上李悦这样的，得多提防着点。你孩子不会就在李悦的病区吧？"

"……是。"

"那你可真得小心着点，这小姑娘，可不太让人省心。"

"嗯……嗯……"

"对了，那个小姑娘呢？就是把这事儿捅给孟医生老婆的那个。"

"辞职走了。据说也是被孟医生老婆逼走的。留在这也没法混——孟医生老婆那手段，留得住人，也绝不让你好过。"

陈福军听完了这一段，本来想把最后的几句话从录音里剪掉，但转念一想，还是留着更好。这个胖护士不知道李悦已死，说出来的话，肯定比知道了之后要多得多，也更真实。

如果她一开始就知道李悦死了，或者再加上"李悦是和一个病人孩子一起死了"这样的前提，她嘴里说出来的故事，可能就是另一个版本了。

在采访中，人们很容易被既有的事实、记者设置的问题，甚至一个无意间的表情引导，在大脑中不自觉地设置起一个前提条件，然后在这个条件下筛选和构建内容。这是人的本能。

但这本能带来的问题也显而易见：得到的答案可能并不全面，甚至会不知不觉地，向着某个被引导的方向偏移。也正因为如此，陈福军没有告知对方李悦已死的消息，反而更容易从她口中挖出更多、更完整的信息。这是陈福军从香港警匪片中"隔离审问"的桥段里学到的小技巧。

而且，把这段话保留下来，留给观众去判断，也更容易让人感受到这段访谈的真实感。陈福军回头又往病房里瞅了一眼，王大夫还在窗边来回踱步，静静妈依旧昏睡着。他点了点头,重新坐回位置,打开了另一段录音。

"你是李悦的室友?"

"对。"

"你们认识多久了?"

"半年多吧,从一起租房子的时候就认识了。"

"合租认识的?"

"嗯,房子是我先租下来的。但一个人住太贵了,我就在我们院的护士群里招室友,然后李悦就联系我了。"

"你平常跟李悦接触多吗?"

"平时上班都挺忙的,而且我们也不在一个科室,经常倒班。虽然住在一起,但接触也不是很多。刚开始大家休息的时候还偶尔会出去逛逛街,后来就不一块逛了。"

"为什么?"

"逛不到一块去吧。逛街要吃吃喝喝、看看电影什么的,都得花钱。李悦总不怎么花钱,自然也就玩不到一起了。不过我也能理解,她家条件好像不太好,而且她弟弟还挺麻烦的。"

"她弟弟怎么了?"

"她弟弟好像没工作,是那种不务正业的。一没钱就找她要,说是欠了高利贷,还不上了。催债电话经常打到李悦这边,最后只能她帮着还。"

"那李悦的家里人就不管吗?"

"唉,她家是农村的,条件也不好。她爸妈重男轻女。今天早上她还跟她妈吵了一架呢。"

"吵架?"

"嗯,那会儿我们刚起床。她妈打电话来,估计又是为了给她弟要钱。李悦可能心情不好,说话也挺冲的,俩人就吵起来了。我听了一会儿,她妈说话挺难听的,什么'你也没本事,挣不了钱,也嫁不出去',就这类话吧。"

"李悦有跟你聊过这些事吗?"

"偶尔会说。她以前上学的时候谈过一个男朋友,都说要结婚了。可她爸妈嫌人家是农村的、家里没钱,就死活不同意,最后只能分了。我感觉她爸妈就是指着她能嫁个有钱人,好给她弟弟娶媳妇。"

"那李悦后来还有谈过恋爱吗?"

"后来不就是那个孟医生吗?那事闹得多大,全院都知道了。也不知道她咋想的,可能是被她爸妈逼得太狠了。反正今天早上吵得是挺凶的。"

"你觉得李悦是那种容易冲动的人吗?或者会因为某些原因做出比较极端的事?"

"李悦性格是挺要强的,但应该不至于做什么极端的事吧。不过……也不好说,最近这段时间,她一下子碰到这么多事,家里又那样,谁知道她会不会一下就崩溃了。看着外表挺正常的,也可能心里早就……"

陈福军听完了这一段,长出一口气。紧张了一早晨,如今终于成果在握,他这才意识到肚子已经开始咕咕叫了。能在消息扩散前顺利找到这三个人做采访,还得多亏了曹主任——这个关系,果然没白维护。当年还在报社的时候,过年过节送了多少酒,如今总算派上了用场。曹主任是管人事的,虽然手上不管住院部的护士,但上头一句话,这边立马就安排妥当了。

至于这几个护士,对陈福军这个套话老手来说,那就是"小菜一碟"。先把氛围搞得活络一点，再巧妙地塞点钱，加上几句引导，想要的内容就"咕嘟咕嘟"像泉水一样，从她们嘴里冒了出来。

陈福军把几段录音中有用的部分剪辑好，又拨了一次那个胖护士提供的电话号码。不出所料，还是关机。其实以目前手头掌握的素材来说，已经足够构成一个完整的爆款稿件。但陈福军总觉得，如果能再加上一段"小四"大战"小三"的正面对决，这个故事就更完美了。

病房里传出了一些动静，尤茜醒了。陈福军转身就走进病房。

"静静妈，你还好吗？我是乐乐的爸爸，我来看看你。来，先喝口水。"陈福军倒了一杯水，递到尤茜手中，又转头笑着对王医生说，"王医生，您也辛苦了，还没吃饭吧？您先去吃吧，静静妈我先照料着就行。"

神经紧绷了一早上的王医生显得有些愣神，虽然犹豫了一下，但还是点点头，走出了病房。陈福军微笑着送走他，顺手关上了病房的门。

"静静妈，你有什么想说的，就跟我说说。都发生了什么？"

他问得很直接，语气中的关切却拿捏得恰到好处，不刺耳，却足够真诚。尤茜慢慢回过神来，转头面无表情地盯了他几秒，突然一把抱住了他的胳膊，哇的一声，哭声裹挟着眼泪，猛然奔涌而出。

一丝微不可察的微笑，从陈福军的脸上掠过。他默默掏出手机，将镜头对准了尤茜。

8

爆料

"我……究竟做错了什么？啊……你要……要这样对……对静静，我的静静啊，到底为什么会这样……"

视频中的女人声音已经嘶哑，断断续续的话语混在哭声中，含糊不清。痛苦与崩溃的感染力像泉水一样，从屏幕中汩汩溢出，浸透了编辑室里的每一寸空气。

编辑室里一片沉默。几秒后，叶攀微微点头，示意打开第二段视频。视频中，女人的情绪已经平复许多。她的眼睛哭得通红，脸上的悲伤未散，却显得格外安静。那副憔悴又压抑的模样，反倒更让人心生同情。

"我是静静的妈妈,早上我刚从楼下上来,就看到李护士把静静……推下了楼……"

看完了两段视频,然后又将几段录音听完,编辑室里的几双眼睛都盯着叶攀,等待她的指令。叶攀目光停在视频定格的画面上,屏幕内外,四目相对,叶攀皱了皱眉,顿了顿,终于转向了小左:"你那边搞定没?"

"还得20分钟。"

"嗯,搞快点。嗯……视频这边先压一压,让福军无论如何给我们半个小时。"叶攀又转向了电脑后的那个编辑,"前两版快讯的数据出来了吗?"

"第一版总播放已经过310万,第二版260万,增速很快,按照模型预计,一个小时之后应该能到500万左右。"

"行,网络部把社交媒体那边盯紧点,看看能挖出什么。让王欢他们组先别回来,在现场蹲着,家属很可能会闹事。还有,给各平台对接人打个招呼,把第二版重点推一下,先把热度站住,尽量顶一顶。嗯……就这样,干活吧。对了，爆料组那边有没有什么新消息？"

"还没有。"

"行。"

"全民爆料"平台是原材料来源，互联网全媒体合作，便是成品的出口。

叶攀全面开放了网络媒体的合作。手握海量的新闻资源和行业牌照，自然声音大、腰板硬，拿新闻线索换流量资源，入驻了几乎所有叫得上名字的网络资讯平台，并且基本上拿到了几家大网媒第一梯队的流量倾斜位置。这就像给滨江传媒装上一个巨型大喇叭，几乎每个拿手机刷新闻的人，都能看到滨江传媒的消息。

报纸的发行量已经缩水到了几年前的五分之一，可是新闻在互联网上的传播量，却以成千上万倍的速度爆炸式增长。虽然现在这已成为传统媒体转型的必然方向，但强者愈强，弱者愈弱，赢家才能通吃。叶攀算是先行者，带着滨江传媒成功挤入了头部梯队，尤其在互联网这个流量倾斜更加极端的环境中，更是享受着"吃到撑"的流量红利。

如今，几乎每条新闻都有破千万的阅读数据；有些带爆点的新闻，破千万也并非难事。滨江传媒也成了各大榜单和热搜的常客。这样的成绩，在纸媒时代是无法想象的。

陈福军的爆料当然是重量级，该有的都有了，一旦放出去，必然会在舆论场上引起轩然大波，没准能在年终之前再做一条现象级的新闻。但叶攀知道，越是这种容易出爆款的线索，越要谨慎；越是诱惑大的新闻，越要克制自己的冲动。这也是建立求证机制的意义所在。

媒体人在遇到好新闻的时候，就像老鼠闻到了香油的味道，要抵住诱惑、保持冷静，并不是那么容易的事。踩稳脚步，取之有道，这"香油"便是天赐的福利；一旦失足，这福利就成了陷阱，从福利变成灾祸，深陷其中，难以翻身。

"攀姐，刘盼盼案件受害者访谈策划出来了，要不要……"

"先放那吧。"叶攀抬头瞄了一眼，打断了那个实习生小姑娘。小姑娘欲言又止，可是看到叶攀专注的状态，实在找不到插话的空隙，只好皱着眉，犹豫片刻后退出了办公室。叶攀满脑子都是医院的新闻，对她的举动全然未察。

静静和李悦在网上的信息已经整理出来了。

很难想象，视频中那个跟着音乐节奏跳舞的小姑娘，现在已经不在人世了，还是以这样一种让人无法接受的方式。要不是穿着病号服、剃着光头，叶攀无论如何都无法将这个满脸笑容的阳光女孩，与"脑部恶性肿瘤"这几个字联系起来。

静静看起来和她女儿多多差不多大，正是该被万般宠爱的时候，如今却……想到这里，也许是被身体里的母性所驱使，叶攀心里一阵难受。可当她再看向静静坚强勇敢的笑容时，那种难受又慢慢融化了，反倒生出一股温暖而治愈的力量。

这个名为"静静是超人"的抖音账号，一共发布了40多个短视频，还有两万多个粉丝。账号头像是一张母女合影，笑容灿烂得像天使。个人简介里写道："我叫静静，我的脑袋里有个石头，我要战胜它，希望你们为我加油。"后面还留了一个微信号。

视频内容几乎都是尤茜拍摄的，有跳舞的、讲笑话的，也有打针、抽血以及治疗的片段。静静总是乐观坚强，让人心疼。偶尔，也有几条视频里，她显得有些困倦和难过，但不论哪一条，评论区总是满满的鼓励与支持，字里行间，都是对这个小女孩真诚温柔的善意。

"尤茜的朋友圈有什么？"叶攀指了指个人签名中留下的微信号。

"大多是和静静的日常，还有一些是众筹捐款的链接。在这个医疗众筹平台上，静静妈一共筹了16万多。"

"家庭方面呢？"叶攀一边翻着手里的资料，一边向小左发问。

"静静是独生女。她爸爸一年前酒驾出车祸死了，静静妈以前在一家事业单位做财务，一年半前静静查出肿瘤之后，就申请了停薪留职，专门照顾她。静静爸原来是国企的中层，收入还不错，但因为酒驾出的事，没赔到钱，所以基本算是断了收入来源。从静静爸去世到现在，除了众筹来的16万，基本就是在吃老本。市里有一套自住房，没有车。光是医院这边的治疗费用就已经花了差不多50万了……所以，这个家庭的确符合发起众筹的条件。"

"双方父母呢？"

"静静的爷爷以前当过领导，退休时是县委书记。静静的姥姥姥爷在滨江桥下面开了个早餐店，卖馄饨什么的，店很小，但开了七八年了，现在也还在开。"

"不动产呢？"

"市区各有一套自住房，老小区，是很早以前单位分的那种。静静爷爷那边有一辆车，不到10万。"

"看籍贯都不在滨江，老家那边查过吗？"

"小黑那边说系统没联网，需要点时间才能查到。存款也是，也要点时间搞定。"

"这个男人是谁？"叶攀将一个视频暂停，指着画面边缘的一个穿黑色大衣的男人，"这个人在视频里出现过好几次，而且好多母女合拍的视频，应该都是他拍的。"

"这……"小左并没注意到这个细节，赶紧接过手机翻看。

"静静的爸妈都没有兄弟姐妹,但他应该也不是陌生人。去查查,这个男人和静静他们家是什么关系。"

"好的。"小左赶忙点头回复。

叶攀将静静的资料放到一边,放松了一下脖子,打开了李悦的资料夹——这才是她要仔细审视的重点。

9

案发现场

梁关回到病房的时候,恰好碰到陈福军从里面出来。两人虽然不熟,但也算是相识。寒暄之后,梁关才知道,原来陈福军的孩子也在这里住院,就在静静隔壁的病房。都是为孩子竭尽所能的父母,一来二去也就有了交集,算是彼此熟识。在这样的艰难时刻,静静妈身边能有个熟人关照一下,多多少少是个安慰。

陈福军告诉梁关,刚刚已经帮忙通知了静静的爷爷奶奶、姥姥姥爷,还有魏强。估计用不了多久,他们就会赶到医院。梁关向陈福军表达了感谢,心里却觉得怪怪的。他知道陈福军是干什么的,这个时候出现在这个地方,很难让梁关完全安心。

梁关是不喜欢记者的。在他看来,记者就是一帮只管点火、不管后果的"投机分子",虽然举着"让群众了解真相"的大旗,很多时候干的却是煽动群众情绪的事,不仅不会让事情得到有效处理,有时反而会添乱收场。

记者虽有一颗热忱的心,却有可能事情搅得天翻地覆,嘴里喊着"真相"和"公平",可真相和公平,哪是靠几篇稿子、几段视频就能实现的?本来很简单的事情,被记者搅得满城风雨,最后媒体从群众嘴里摘得"正义使者"的名声,而忙前忙后、小心谨慎、夜以继日的警察,却被扣上"后知后觉""不作为"的帽子。

之前刘盼盼的案子引起的群众舆论,差点掀了警察的"头盖骨"。这个世界上,大多数事情并不是人们想象中那么简单。群众的情绪总需要出口,很多时候,警察也是"哑巴吃黄连,有苦说不出"。算起来,梁关已经和叶攀冷战了一个多月了,原因当然有很多,但这件案子的处理的确也让他们本就微妙的关系又拧巴了起来。

警察的工作虽然涉及方方面面,但说到底,落脚点还是要为真相负责。即使舆论吵得天翻地覆,真相就是真相，不会因为风向的转变而改变一丝一毫。就拿这起坠楼案来说，与其说是给大众交代，不如说是给死者交代。人活着的时候可以糊涂，但死，绝不能不明不白。想到这里，梁关的心里多少有了些安慰。

"你看清楚了吗？"

"看清楚了……应该是看清楚了。"

"你第一眼看到李护士的时候，你的具体位置在哪？"

"就在病房门口。"

"静静和李护士都看到了？"

"看到了。"

"静静在什么位置？是什么姿势？"

"好像是面对着我这边，背……对着栏杆。"

"是在栏杆上面，还是在地上？站着还是坐着？"

"应该是……栏杆上面吧，是坐在上面的。"

"李护士当时在哪里？"

"就在静静对面，推的是静静胸口的位置。"

"然后呢？"

"李护士也从栏杆上翻下去了。"

"这时候，你在哪里？"

"我差不多刚……刚到露台的门那里。"

"你和静静在病房里单独待了3分钟，你们说了什么？静静情绪怎么样？"

"静静跟我说，今天不想打针了，然后我就说了她两句，然后……然后静静就说'对不起'。我感觉我可能说重了，我心里也不好受……静静安慰我，让我不要生气……"

"今天去露台之前，你有没有见过李护士？"

尤茜低垂着眼神，无力地摇了摇头。她现在的情绪，与其说是平复了下来，不如说是已经被耗光了，只能勉强维持着基本的逻辑，面无表情地回答着梁关的问询。倒是已经赶到的爷爷奶奶和姥姥姥爷哭成了一团。

"对了，魏强今天早上来病房，把你叫去露台时说了些什么？"

尤茜似乎没想到梁关会突然问这样一个问题，一直盯着地面的目光微微抬起，缓缓地说："他说……他已经决定卖了房子给静静看病……"话还没说完，尤茜的眼泪又一次涌出眼眶，压抑不住的哭声让梁关听得异常揪心。

看着这一大家子人哭成这样也不是办法，几个老人加上尤茜的情绪都极为脆弱，万一身体出了状况，后果不堪设想。他只得将魏强叫到一边交代了几句：伤心归伤心，这个时候还是得好好照顾人，保重身体要紧。魏强连连点头，梁关又安排了两个警察，和魏强一道，先把他们送回去了。

魏强看上去并不出众，但能卖掉自己的房子去给其他男人的女儿看病，无论如何，是令人敬佩的。魏强说，他既然喜欢尤茜这个人，就会把她的女儿当成自己的女儿。就算再难，只要两个人真心过日子，就没有过不去的坎。

现在的魏强，在梁关眼里，是个老实又有担当的男人。但男人不一定能真正了解另一个男人。而且，人是环境的产物——只要还活着，就一定是复杂而多变的。这一点，用不了多久，梁关就会体会到。

"你怎么看？"梁关转头问明明。尤茜的证词还需要想办法去查证，但至少给了警方一个调查的方向。此时病房里只剩下几个警察,正在讨论案情。

"从静静病房的门口到露台的双扇门,距离大约是5米;从双扇门到露台边缘,大约还有8米。"明明一边在白板上的平层简图上勾画,一边讲解,"在门没有打开的情况下,视角就只剩这扇门上的两块竖向40厘米、横向只有15厘米的玻璃。我刚刚去实地确认过。按照尤茜当时的位置,从左边这块玻璃看过去,视角受限,只能看到一个完整人体宽度的范围。如果当时李悦和静静之间的身位有错开,或者角度偏了一点,根本无法看清楚。而且我注意到,这块玻璃上还有污渍——所以,从那个位置顶多能识别轮廓,真要看清楚,很困难。"

"嗯。尤茜好像有近视,等下确认一下具体度数,然后再做一次现场模拟。"梁关若有所思地点了点头,"阿达,你这边呢?"

"根据静静同病房病人家属的证词,今天早上,李悦和静静曾在病房中单独相处,并发生激烈争吵。另据楼内数位病人和护士的证实,前几天,李悦与尤茜也发生过一次较为激烈的争执。"阿达汇报时翻看着手里的记录本。

"如果按照尤茜所说，是李悦将静静推下楼，然后自己畏罪自杀——那么李悦与母女两人之间分别发生的两次争吵，可能就是比较直接的犯案动机。"

"我查了李悦的档案，她是一个月前从 4 楼调来 10 楼的。院方给出的调岗理由是，她在工作中不慎烫伤了一名男孩，被男孩的母亲投诉。"阿达继续道，"我们已经联系了刘副院长，让他从人事那边配合调查具体情况。一会安排好，我这边会带一组人过去做一次正式的询查。"

"好，李悦的家庭情况也摸查一下。还有，让网络组那边也查一下李悦的网络动态，做一个嫌疑人的性格画像，可以作为参考。"梁关又翻了翻手上的资料，若有所思地顿了顿，"这一层也再做一次全面排查，确保没有漏掉任何目击者和线索。时间范围可以再拉长一些，除了当天早晨的情况，也要多关注李悦平时与病患的相处细节。"

梁关布置完任务，又抬头盯着画有示意图的白板："除了'李悦将静静推下楼后畏罪自杀'，还会不会有其他可能性？"

"嗯……如果不考虑可能性大小，很极端地想的话，"阿达谨慎分析着，"尤茜推下了静静和李护士，这算一种可能性；还有一种是李护士推下了静静，尤茜又将李护士推下楼。"他一边说一边摇头，显然自己也无法被这两种说法说服。

"有没有一种可能是静静想自杀，李护士想拉她，但没拉住，然后两人一起摔了下去？"梁关一边提出猜想，一边用手比画着推拉的动作，"从视觉观感来看，推和拉这两个动作，很容易产生误解。根据体检报告，静静体重56斤，身高130厘米；李悦体重96斤，身高165厘米——李悦的力气是足够把静静推到栏杆上的。可是不是也有可能，是静静自己先爬上去了？"

"不太可能。"明明摇着头，语气坚决，"静静不像是那种想要自杀的孩子，没有动机……不太可能，不可能。"

她一边说，一边拿出手机翻到静静的抖音号，递给梁关："我浏览了一下，真是个乐观坚强的小姑娘，应该不会自杀。"

明明没有把话说死，语气里却充满了确定。

梁关打开其中一个视频，静静正在讲一个脑筋急转弯。

"三角形、圆形、正方形三个小朋友约好了出去郊游，到了约好的时间，圆形和正方形都到了，可是，为什么三角形没有到呢？"

还没等一两秒，静静就憋不住地笑着公布了答案："因为是全等三角形啊。"然后便"咯咯"地笑个不停。虽然穿着病号服，剃着光头，可视频中的静静却笑得像阳光一样灿烂，那种笑容透过屏幕都带着感染力，让人不由得心中升起一股暖意。

梁关鼻头有些发酸，"尸检结果什么时候出来？"

"要等到明天早上了。"

"小马那边有消息没？"

"还没有。"明明无奈地摇了摇头。

"嗯，干活吧。"梁关皱了皱眉。

10

对手

＃新滨报＃ 医院双人坠楼案最新进展：死者李某，女，25岁，医院护士；死者杨某，女，10岁，脑科病人。死者杨某母亲已向本报记者证实，她曾目击李某将杨某推下楼，随后李某也跳下楼，据知情人透露，李某曾在不久前烫伤一名儿童病患，并被家长投诉。

紧随这条短讯，是一段长达3分钟的影像内容，由采访视频、音频与简易动画混剪而成。开头，醒目的"《新滨报》动新闻"品牌标志打出。整段视频以陈福军提供的采访爆料为基础，辅以节奏凌厉的剪辑与情绪化的背景音乐，在短短3分钟内营造出如悬疑大片般的紧张氛围。每一个若隐若现的线索都像一把钩子，牢牢勾住观众的好奇心，使人忍不住点开详情报道，一探究竟。

陈福军忍不住又把视频看了一遍，不禁感叹新闻形式的发展与变化。以前做记者，跑完新闻只需要写稿就好，而现在，不仅要音、视、图、文字全方位展示，还得有一双"魔术小手"，能把所有素材以最吸引人的方式拼接出来，的确是进化了不止一个层次。尤其是那个用简易动画软件制作的现场还原画面，更是让陈福军赞叹不已。红、蓝、绿三色线条小人，不仅完美还原了现场人物的位置和相互关系，连"推""拉""回头"等动作都表现得精细生动，甚至还配上了挣扎、呼喊和跌落的声音效果。这样的呈现方式，竟然让这场悲剧事件透露出一种难以言喻的喜剧味道。陈福军的脸上不自觉地露出一丝微笑。可当画面转回静静妈悲伤的特写时，他脸上的笑容很快消失，深深叹了口气。

《新滨报》的报道，并没有将陈福军提供的所有细节一股脑地堆进视频里，也没有在文字简讯中迫不及待地做出任何推论。媒体知道"事实"与"故事"的界限在哪里,因此,他们在简讯中只放上了两条无可辩驳的信息:一是受害者母亲的陈述,二是李悦曾烫伤患儿并被投诉的记录。

而更多的周边线索与情绪,被精心安置在视频中释放出来,读者的好奇心被牢牢攥住,不由自主地点进《新滨报》主页,逐条浏览详情,追踪后续报道。这精准利用了人性的弱点,步步为营,层层深入——从吸引,到关注,再到信任,完成了一个闭环,悄无声息地培养起读者的忠诚度。这个时候的读者,已经从"围观者"变成了"粉丝"。在当下的媒体环境中,俘获一个粉丝的成本不低;但一旦成功构建了信任关系,再想从这种信息密度极高的舆论环境中脱身,已是几乎不可能的事。

陈福军看完了详情页面中的每一个段落,又刷了刷热评。故事的走向正如他所料,读者的想象力开始发酵,并顺着他搭好的框架不断延展。他又点开滨江在线的主页,最新一条新闻仍停留在记者现场爆料的版本,只更新到了"死者为李某与杨某"的阶段。毫无疑问,在此时此刻,这条新闻已经失去了传播价值。

陈福军有些疑惑——按理说,叶攀不该在这种占尽先机的局面下,将主动权拱手相让。

照以往的惯例,这类量级的新闻,即使最终没有采用,滨江传媒也会以"协议低价"收购进来。哪怕不用,也不能让竞争对手捡了便宜。这次却明显不同:不仅拒绝收入,甚至连个解释都没有。

对陈福军而言,这并非什么大问题——大批媒体排着队要他的内容,价码一个比一个高。只不过,按照惯例,他总是优先提供给滨江传媒:一方面,滨江传媒在本地影响最大,口碑好、数据优,能做出其他平台望尘莫及的效果;而这些数据,也会反向给陈福军做市场背书,提升他的身价。另一方面,则是情感上的考虑——多年来叶攀对他的照顾与帮持,让他始终愿意把最好的线索,优先给老搭档。

这一次的重量级爆料被叶攀拒收,着实让陈福军有些摸不着头脑。不过,这件事倒也没给他带来太多困扰,他转手就以双倍价格将线索卖给了滨江传媒最大的竞争对手——《新滨报》。这两年，《新滨报》的发展势头可谓相当迅猛。背后有大金主撑腰，又四处以高薪网罗业内高手，不差钱的《新滨报》迅速开疆拓土，成了媒体圈内一匹不折不扣的黑马。不过在陈福军看来，尽管《新滨报》来势汹汹、冲劲十足，成绩也相当亮眼，整体风格却远不如滨江传媒那般沉稳扎实。在新媒体的运作方式上，《新滨报》的手法明显更为激进，甚至在某些原则性问题上，已与传统新闻的职业规范有所背离——这一点，也逐渐引起了行业内外的不少非议。

不过，对此也很难简单地评价好坏或对错。毕竟在这个满地都是颠覆与创新的时代，经验和权威很可能在下一秒就变成了顽固与守旧；相反，那些看似叛逆与激进的姿态，也随时可能摇身一变，成为勇气与远见的象征。

在最终结果揭晓之前，每个人都在这焦灼不安的世界里坚信自己代表着真理。但没有人能保证，在胜负尘埃落定之后，谁才是那个笑看沧桑的大赢家。不管你是否愿意，这就是一个以结果来论输赢的世界。在通往未来的每条路上，挤满了赌上全部身家的梦想家。

陈福军想来想去，也没法理解叶攀为什么会放过这条大新闻。他不知道她葫芦里到底卖的什么药，这已经超出了他的理解范围。但以他对叶攀的了解，她绝不是一时疏忽，也绝不可能主动放弃。他隐隐觉得，叶攀还会有大动作——只不过是什么样的动作，他无论如何也想不出。

他从病房里又搜罗了一些补充线索，发给了《新滨报》。与此同时，那条爆料视频的全网播放量已经突破了500万。照这个趋势，下班高峰一过，冲上1000万只是早晚的事。以这个新闻的话题性来判断，不出意外，今晚七八点，它就能冲上各大平台热搜榜前列。届时，这起原本局限于地方的坠楼事件将全面升级为一场全国性的舆论风暴。传统媒体、自媒体、KOL（网络意见领袖）、网民将蜂拥而至，在这把火上继续添油加柴。

天色已经逐渐暗了下来，陈福军这边的工作已经结束了，但他知道，真正的热闹才刚刚开始。

11

闹事

"无良医院逼死人,还我公道,还我女儿。"

梁关他们从楼上下来的时候,医院大门前的围观人群已经堵住了进出的车道。正值下班高峰,本就不宽的大路彻底瘫痪,院内的车出不去,外头的车顶在路上,一眼望去,全是动弹不得的车辆、围观人群与记者。人潮涌动,三层五层地将医院大门连同整条马路围了个水泄不通。

人挤人,很难分清谁是闹事的家属,谁是围观的路人,谁是来蹭流量的拍客。但在人群中央,一条白底黑字的横幅被高高举起,正对着医院门口刚亮起的大灯,显得分外醒目。

大门口的保安还在苦口婆心地劝着打横幅的人,不敢硬来。真要是上了手,这人一倒地就可能赖上你。每月工资不过2000块的保安,面对绝望又情绪失控的病人家属,也十分无奈。更何况,上个月滨大附属三院"医闹事件"之后,他们才刚刚接受过一次"安全处理培训"——这绝不是逞英雄的时候,反正总会有人来处理,医院的公关也好,警察也罢,都轮不到保安上阵。

本来这事并不归梁关他们刑警大队管,可事情发生得太近,又是因坠楼案引发的风波,只能赶紧下来处理。毕竟静静的妈妈还在里面,案子还没查清楚,当事人先闹起来了,这让梁关一个头两个大。

梁关一眼就看到,打头的正是那个看上去老实巴交的魏强,现在却是一身无赖气质,抱着寸土不让的决心,高声喊着口号。静静的爷爷奶奶、姥姥姥爷都不在其中,这让梁关好歹松了一口气。老人和小孩是最难处理的,轻重也不好把握。尤茜也无力又可怜地被两个男人搀扶着,木然地站在人群里。

"魏强,你干什么呢?"梁关一声呵斥。

魏强愣了一下,刚刚坚决的气势瞬间泄了一半,但还是强撑着这口气。毕竟身边这么多双眼睛，还有镜头给自己撑腰，心想自己是受害者，底气倒也多了几分。

"我给静静讨个公道！人不能就这么不明不白地死了！这就是医院的责任！到现在都没个说法，这可是一条人命啊。"魏强说着说着，情绪也激动起来，一时间带上了哭腔，声泪俱下。

"你是静静的父亲吗？轮到你来喊话了吗？现在警方的调查还在进行中，如果你执意闹事，就是扰乱公共秩序、妨碍警察办案，警方随时可以依法将你逮捕。"梁关可不吃魏强这一套。

但面对这么多眼睛和镜头，他也不能不考虑警察的形象和群众情绪，于是又转向了尤茜，语气一下子缓了下来，眼神中少了些严厉，多了些真诚。"尤茜女士，对你女儿的离世，我们警方和你一样，也感到痛心和悲伤。请你一定相信我们，我们正在尽最大努力对案件展开调查，一定会还静静一个公道。也请你理解我们的难处，你们在这里只会影响警方办案，对真相没有任何帮助，先请回去吧。"

梁关的话说得很委婉，态度却很坚决。尤茜不知所措地看了魏强一眼，魏强见周围的群众也不像他想象中那样站在自己这边，气势也就泄了下来，赶紧招呼人挪开堵门的车，又扶着尤茜退到了一边。

看演戏的主角都撤了，围观群众也就失了兴致，逐渐散开了。只有外围一些不明情况的好事者还在往里挤，落得一场空后，带着迷茫和疑问的眼神不舍地离去。

天已经完全黑了，交通恢复了畅通。梁关站在街道旁，车流尾灯的红色灯光映在他脸上，眼神里满是疲惫。

12

热搜

刚过八点半,双人坠楼案连带着"护士杀人后自杀"的话题便登上了微博热搜。网友的反应比叶攀预想的还要激烈,一场全网声讨"杀人护士"的键盘部队正在迅速集结。《新滨报》点燃了舆论的导火索后随即退居二线,坐等收割热度红利。冲锋陷阵的,自然是那些靠煽动情绪吃饭的自媒体。

《医院坠楼案:带着情绪上班的人,这一刻"天使",下一刻"杀手"》

《离你最近的人,可能是最想杀死你的人》

《医院坠楼案反思:各位家长,千万留意孩子身边的这5类人》

《"小三"上位不成，竟然拉无辜女孩赴死，这是有多变态》

《医院坠楼案：每一个凶手在杀人前，都已经演练过无数次》

《虐待病人、当"小三"，你根本不知道护士的素质有多低》

《不合群的人到底有多可怕，看看"杀人护士"就知道了》

《把女儿逼成"小三"和"杀人狂"，重男轻女的父母到底有多可怕？》

《医院坠楼案：每一种负面情绪，都可能把你逼成杀人犯》

……

浏览了一众自媒体大号追热点的文章，叶攀竟然有些失望。所有的角度、套路和标题花样都没有超出她的预期。她倒也没有因此沾沾自喜，因为这次事件她心里也没十足的把握，而选择按兵不动的决定，也的确带着几分赌的意味。

虽然自媒体大号的角度和方向都在叶攀的预料范围内，但这已经足够将李悦这个小护士安排得明明白白。

从性格分析到情感经历，从家庭教育到社会关系，再从星座运势到行为逻辑，这些自媒体大号仿佛化身为能通灵、会透视的名侦探，把李悦从里到外剖成无数条因果连接的细丝，仿佛每一条细丝都是命运铸就的追魂索，狠狠地勒住了"天使"静静的脖子。

新闻媒体和自媒体的逻辑本就不同。新闻媒体面向的是所有人，既然受众如此广泛，就不能太有性格，所以陈述事实、挖掘火种才是关键。即使内心再有故事，故事中再有情绪，也必须克制表达的欲望，顶多埋个伏笔，暗戳戳地指个方向。等到火种挖出，自媒体便接过了接力棒。

自媒体没有开采新闻火种的能力，但有煽风、浇油的本事。一旦借上新闻的火种，至于风往哪边吹、火往哪片草原烧，那就是"八仙过海，各显神通"了。当然，并不是随便浇油都能延续火势。若是浇在石头上，火种可能还没烧起来，就已经夭折了。

物以类聚，人以群分。成千上万的自媒体，就像手握尺寸不一的筛子，将一股脑收割上来的、大小不一、形状各异的"豆子"分门别类，筛得清清楚楚。接着，各自在自家调好温度、湿度与肥料的"一亩三分地"里，将筛选出的同类播下，烧三茬，长三茬，最终培育出一套标准化、量产化的内容模板——同一类人、同一种口味、同一个软肋、同一个着火点。说得通俗点，这是一场"互相驯化、臭味相投"的游戏；但换个高深的说法，这便是以"基因优选"为理论基础的社会改造工程。

叶攀专门点开"小龙说事儿"的公众号，想看看刘小龙会如何处理这条坠楼新闻，会玩出什么花样，却意外地发现今日并未更新。按理说，一向机敏的老江湖不可能嗅不到这条新闻背后的爆点，更不可能慢人一步让其他自媒体占了先机——这可不是刘小龙的风格。

单从媒体能力来说，叶攀对刘小龙是服气的。他不像廖建国那样难以适应新媒体时代，反而在人到中年时敢于"跳海"，在与年轻人赤手空拳的搏斗中，硬生生打出了一片天。短短几年，刘小龙构建起了国内数一数二的自媒体矩阵，孵化出七八个百万粉丝的大号，其中包括拥有500万粉丝、影响力巨大的头部账号"小龙说事儿"。光是广告费，一年就超过千万，还不算运营社群、卖书卖课的额外收入。说一点都不眼馋，那是假的。

刘小龙曾说，只要有本事，把底线放低十分之一，收入就能扩大十倍。这个时代，有争议才有影响力，有胆量才有产量，才能挣大钱。叶攀当然对他嗤之以鼻。

但不可否认的是，就算有人比刘小龙底线低十倍，也未必能达到他十分之一的高度。他说的道理，很多人都听过，大多数人只记住了"底线低"，却忽略了"有本事"。刘小龙对情绪的精准把控，在报社里处处碰壁，却成了他做自媒体的核心优势，像是爆发天赋的螺旋桨，助他一路飞升。

他倒也没有真像自己说的那样毫无底线，反而在鱼龙混杂的泥水中，姿态和底线都比别人高出一截。即使是一种设计出来的人设，也比那帮信口开河、胡乱灌输的"精神鸦片"强太多。刘小龙的文章，叶攀几乎每一篇都会看，而且确实常常能带来一些启发和思路。如今，这条跳楼新闻她自己都还没有十足的把握，而刘小龙迟迟没有动作，也让她心里多出几分不安。

正当叶攀还在刷着手机，盘算着坠楼新闻的走向时，门口传来开门声，梁关回来了，身后还跟着背着书包的多多。叶攀这才意识到，自己进门已经20分钟了，却一直坐在沙发上刷手机，连外套和鞋都还没脱。

梁关看了沙发上的叶攀一眼，一边脱鞋，一边随口问："才回来啊？吃饭了没？"

叶攀冷冷地瞥了梁关一眼，没有回答，而是把目光转向了多多。梁关帮多多摘下脑袋上的帽子，又把手里的快餐袋子递给他："拿去给妈妈吃。"

多多一脸不情愿地提着袋子走到茶几前，随手放下。叶攀伸出双手贴着多多的小脸，带着些许埋怨的口气说道："叫你围围巾来着，瞧瞧，冻得都红了，冷不冷？"

多多没有表情，也没吭声，转身从叶攀手中挣脱，拖着书包走进自己的房间。

叶攀见多多不理自己，火气一下子转向了梁关："早就说了别老给多多买这些垃圾食品，一点责任心都没有。"

梁关一听,心里也憋着火。他想着叶攀加班回来可能还没吃饭,特地带了点吃的,结果非但没一句好话,反倒被数落,顿时恼火,带着怨气顶了回去:"都这点了,外面还有啥?有得吃就不错了!"

"你这是什么态度?你就这么当爹的?"叶攀被他一句话点着了火,立刻顶了回去。

"多多给你发了多少条信息你没回?这已经是你第几次忘了接多多了?你就这么当妈的?"梁关火气也蹿上来了,毫不示弱。

"我怎么当妈的?多多的学习是我管,家长会是我去。好,我不称职,那你呢?你又做了什么?"叶攀语气愈发嘲讽,声音也渐渐拔高。

"家长会?哼,迟到就不说了,刚坐下不到一分钟你就跑了,这叫开家长会?学习?你知道多多这次成绩为啥退步这么多吗?你知道吗?"梁关怒气冲冲,手指着多多房间的方向,朝叶攀质问。

"那你知道吗?你为什么不去家长会?天天查案不回家,孩子一周都见不到几次爸爸,你还有理了?"

梁关听到这，冷笑了一声，"要不是你们这些媒体到处捣乱、煽风点火，我也不用天天加班！"说着，把刚脱下的袜子揉成一团，狠狠地砸在地上。

"我们媒体捣乱？你怎么不看看你们警察！要不是你们无能，哪来那么多民愤……"叶攀的咆哮震得天花板似乎都在发颤，说到气头上，右脚猛地一踢，正好被桌脚绊了一下，高跟鞋的鞋跟应声断裂，"噔噔噔"地弹跳着滚到了多多脚下。两人这才注意到，多多正站在卧室门口，面无表情地看着他们。气氛陡然僵住。

梁关先回过神来，赶紧走过去，蹲下身轻声说："多多，对不起，你先进房间吧，爸爸妈妈有点事要说。"他轻轻推着多多进了房间，关上门，一回头，却发现叶攀已经钻进卧室，"啪"的一声重重摔上了门，鞋子胡乱甩在门口。

门一关上，叶攀就后悔了，懊恼地抱住了头。她知道，自己刚才不该说梁关"无能"的。可那一瞬间，她就像失控了一样，火气一下子蹿了上来。梁关说得其实没错，自己确实又忘了接孩子，家长会迟到早退，可就是无法控制地生气。站在门后良久，火气才逐渐退去，取而代之的是悔意。她拿出手机，才想起今天下午因为忙碌忽略了多多的几条未读消息。一想到多多怎么看待自己这个"妈妈"，叶攀心中更是一阵难受。她狠狠捶了捶自己的大腿，这才注意到脚踝因刚才踢到桌脚而青了一块，疼痛从脚上蔓延到了心里。

梁关也后悔了。按理说，作为男人，作为丈夫和父亲，他本该是那个更能控制情绪的人，也更应该去包容、去忍让。可他还是没能控制住自己。如果刚刚换种方式说话，告诉叶攀多多其实是在奶奶家吃的饭，或许她就不会生气了吧？如果当时稍微退一步，多关心她一句，也许他们就不会吵起来了吧？可夫妻之间有时候就是这样，有些事，并不是靠讲道理就能解决的。

其实，冷静下来的叶攀和梁关都明白，刘盼盼那桩案子，是横亘在他们心里的一根刺。他们都理解对方的处境与无奈，也都隐隐地埋怨着自己在那件事上的无能为力。可这种情绪一旦在心里悄然发酵，积压到最后，就变成了横在两人之间的一道深渠。时间越久，这道沟壑越发深，深到他们甚至不知道该如何跨过去。

13

医患旧案

一个多月前,滨大附属三院的"闭针疗法"被滨江在线曝光,在全国范围内引发轩然大波。随着舆论持续发酵,自陈福军第一个站出来声讨医院、为孩子维权,越来越多的受害者家属纷纷发声。连续一周多的时间里,医院大门口每天都被打着横幅、席地而坐的人群围得水泄不通。

可以想象那样的画面:一大群父母,怀里抱着虚弱的孩子,在医院门前一哭二闹三上吊,却始终讨不来一个明确的说法。不光医院方面焦头烂额,家属无助崩溃,就连围观的市民和浏览新闻的群众,也都感到压抑与愤怒。这样的事落在孩子身上,再铁石心肠的人,心底最柔软的部分也难免被触动。

当然，也不是没人管。媒体的影响力一出，相关政府部门和监管单位便紧急发声：该查就查，该办就办，凡有违规违纪，绝不姑息。

说来也巧，就在这根弦绷到最紧的时候，一个叫刘盼盼的孩子死了。她妈妈抱着刘盼盼的尸体坐在医院门口，那痛彻心扉的画面，比任何影帝的特写镜头都更具震撼力。于是，愤怒的人群彻底爆发，舆论几近失控，所有指责铺天盖地砸向医院——从院长、医生，到最普通的护士，无一幸免。

这本不是警察该管的事，可就在舆论的风向要将滨大附属三院连根拔起之际，医院却突然一纸诉状把刘盼盼为首的几个维权家长告上了法庭。由于涉事行为被定性为"恶劣"，牵涉人数众多，案件很快被列为刑事案件，警方随即介入，风向也就此转变。

因涉嫌敲诈勒索，且证据翔实，原本受到广泛同情的病患家属，转眼成了趁火打劫的"恶人"。包括刘盼盼的妈妈在内，警方共逮捕了9人。这让曾为他们仗义执言的大批群众大跌眼镜。

冷静想来，其实也不难理解。当媒体爆出医院负面新闻后，医院第一时间展开了公关攻势，采用退还治疗费、支付部分赔偿金的方式，封住了一部分激烈维权家属的嘴。像陈福军这样声量大的家属，早早就拿回了该拿的，也不再纠缠，抓紧转院，一切以孩子为重。

而另一部分反应慢、声音小的病患家属，医院能安抚则安抚，能拖则拖。等热度一过，家属失去了舆论支持，底气也就随之削弱。医院拖得起，可病人耗不起，最终也只能妥协。大事化小，小事化了，这类应对，医院早已是轻车熟路。

可是，也许是因为媒体的力量太大，加之病患数量过多，两者叠加，事态的发展便超出了医院的控制范围。有时候，强与弱的转换，往往只在一瞬间。对那些维权的病患家属来说，这本应是件好事——原本受了委屈的他们，突然发现全国人民都在为自己撑腰，底气顿时足了，声音也跟着大了。然而，有一部分人还没适应这突如其来的身份转变，就开始忘了自己是谁。口气大了，胆子也大了，连野心都膨胀起来。有人一张口就是五百万、一千万的索赔。梁关在调查时，看着那些老实巴交的"受害者"，实在不知道该说他们是贪心，还是无知——真是又可怜又可恨，好好的一副牌，偏偏打得稀烂。

经验老到的医院当然不会放过这份送上门的大礼。表面上装出无辜委屈的姿态，暗地里却循循善诱，妥善保留每一份有用的证据。舆论一向同情"弱者"，可一旦强弱反转，前期砸向医院的重锤就会迅速反弹。这一反弹，再加上人们因"被欺骗"而激起的愤怒，最终双倍的火力，全都砸向了原本的"受害者"。

那些本来在合理维权的家属，也被这几个不安分的人拖了后腿。尽管被捕的9人只是众多维权家属中的极少数，但在当前的舆论环境中，所有受害者都被简单粗暴地归为"医院的对立面"——在这样的语境下，没有人再关心某一个体是谁，名字也变得不再重要。大众既没有兴趣，也没有耐心去关注相关部门对医院迟迟未有定性的调查结果。于是，医院安然无事地躲过了一劫。只要在风头过去后，做一番"态度诚恳的深刻反省"，再搞一次内部

"自查自纠"，用不了多久，就能重新开张。而那些仍抱有一线希望的家属，又会义无反顾地排起长队，把无辜的孩子送到针头之下。

如果故事止步于此，那么舆论的风向，最多也只是对这些无知受害者的失望与怜悯。稍作挣扎之后，热度便会逐渐消散。毕竟，这样的事在现实生活中屡见不鲜，尚不足以真正刺痛那些隔着屏幕发声的"审判者"。然而，接下来的发展，却让所有人都彻底愤怒了。

借用自媒体常用的话术：人性到底能有多黑暗，你永远想象不到。

警方在调查过程中发现，刘盼盼竟是被她的母亲亲手杀死的。这个孩子忍受了钢针刺入皮肉的剧痛，熬过了伪科学的摧残，却最终没能逃过亲生母亲的毒手。审讯时，刘盼盼的母亲倒也坦白：家中上有年迈的父母，下有嗷嗷待哺的婴儿。一年前丈夫车祸致残，基本丧失了劳动能力，而年仅 1 岁多的儿子，也患有先天性发育缺陷。3 岁的刘盼盼让人看不到未来，即便活着，也将是一生的苦难。

于是，牺牲这个"没有未来"的女儿，换取全家人的生计和出路，在她看来，成了唯一的选择。梁关问她，是谁教她抱着孩子去医院闹事的。她说，是从新闻里看到的——"一个孩子死在医院，医院赔了一百多万。"

梁关哑口无言。

围观群众震惊了，叶攀也震惊了。震惊之余，更多的是愤怒。也许是出于母亲的本能，她再也无法保持媒体人应有的冷静与克制，亲自撰写并发表了一篇长篇评论，罕见地在文中注入了鲜明的态度与立场。在她的引领下，广大网民一呼百应，恨不得立刻将这个亲手杀女、拿孩子当筹码的"天下第一恶母"千刀万剐。

叶攀这次违背新闻常规的操作，反倒取得了意想不到的成功——这篇报道不仅迅速出圈，更成为当年数据最好、影响力最大的重磅稿件。

梁关心里却不是滋味。刘母是杀人犯，这毋庸置疑，但她真的是叶攀笔下那个十恶不赦的恶魔吗？说她不爱女儿，可她为什么三年来花光积蓄为女儿治病？说她重男轻女，那是不是要让一儿一女全都饿死，一个都不救？说她自私，那她杀女是为了谁？仅仅是为了自己吗？如果是，她为何不干脆抛下老人、丈夫和儿子，一走了之？

梁关仍然记得刘母供述杀死女儿的过程时，眼神中满是不舍与内疚，却也透着坚定与无悔。她说，盼盼被诊断为脑瘫，也不会说话，但其实很聪明，每一个眼神她都能读懂。孩子活得太苦了，看着孩子那样痛苦，她心里也难受。她自责，为什么要把盼盼带到这个世界上来？她曾想过带盼盼一起走，可弟弟怎么办？家里的老人怎么办？她说，盼盼的眼神告诉她，她原谅了她……

梁关问叶攀："如果是你，你会怎么做？"

叶攀反问："杀了自己亲生女儿的杀人犯，还配做母亲？"

刘母杀女的事情这么一闹，早就没人再关心其他几百名"闭针疗法"受害者的死活了。梁关指责叶攀不负责任，只会煽动情绪，不去解决问题。叶攀则回应："你们警察就知道灭火、息事宁人。真要有本事解决问题，也不至于等媒体曝光了，才知道事情有多严重。"

话虽如此，但叶攀心里明白，这些事也不是警察能独自解决的；梁关也清楚，如果没有舆论监督，很多事真可能就这么稀里糊涂地过去了。两人心里其实都希望事情能变好，但身处不同立场，要做到完全体谅、换位思考，并不是一件容易的事。敏感话题叠加各自工作的压力和烦躁，许多原本可以好好说清楚的话，一出口就变了味。更别提冷静、平和地沟通了，只能尽量少说话。可越是少沟通，越难理解彼此；越难理解，交流就越艰难。况且人到中年，早已失去了年轻时那种名为"爱情"的调节剂，久而久之，便成了今天这副模样。

不管是卧室里独自按摩着受伤脚踝的叶攀，还是沙发上仰头望着天花板发呆的梁关，这注定会是一个难眠的夜晚。

第二天早上，叶攀起床的时候，梁关早已出门。多多一个人坐在餐桌前，安静地吃着梁关从小区门口买回来的豆浆和包子。叶攀的那一份被温在厨房的蒸锅里。她低头一瞧，发现那双高跟鞋整整齐齐地摆在鞋架上，断掉的鞋跟也已经修好复位了，就像从没断过一样。叶攀脸上不由自主地浮出一丝微笑，又似乎有些不敢相信自己的眼睛——连年轻时追自己的绝技都用上了,还主动去买了早餐?真是不可思议,太阳怕是从西边出来了。

母女俩就这么面对面地吃着包子,谁也没说话。叶攀一个走神,回过神来时正好对上多多眨巴着的大眼睛,正盯着她看。叶攀一愣,不自觉地收起了刚才的表情,用疑问的眼神望向多多。

多多边叹气边摇头,一副生无可恋的样子:"哎,女人。"

"哎……"不用说也知道,多多这口气是随了谁的。

14

按兵不动

叶攀走进廖建国办公室时,廖建国正一脸愁容地站在落地窗前,盯着天上一团乌云。叶攀也不由自主地看了眼窗外——已经连续阴沉了一个多月,湿冷钻进大大小小的缝隙,附着在一切能附着的表面,久久不肯散去。

滨江已经很多年没这么冷了。

"你说这天,是下雨还是不下雨啊……"廖建国嘟囔着坐回沙发,把"小太阳"取暖器往脚边挪了挪,又拍了拍旁边的单人沙发,招呼叶攀道:"来来,坐这里,暖和点。"

叶攀坐下时,扫了一眼茶几角落那几页资料,心里已经知道廖建国想说什么。

"小叶，医院坠楼的新闻，怎么不跟了？"廖建国开门见山，没有绕弯。

叶攀知道，廖建国之所以这么问，肯定是看到了《新滨报》的报道和数据。经过一夜发酵，那条新闻已经冲上了微博热搜第7位，《新滨报》的整体数据也比平时翻了几倍。尽管滨江在线也跟进了家属闹事的内容，但由于最核心、最关键的线索被《新滨报》率先抛出，滨江在线在这一专题上的整体数据甚至不及对方的五分之一。

不是只有廖建国不理解，连几个参与此事、掌握内幕的记者，也对叶攀按兵不动的选择表示不解。

可在没有确凿证据之前，叶攀也无法对外解释她的判断。更多时候，她依赖的，是当时那一瞬间的直觉。虽然她自己心里也没有十成把握，但她始终觉得——这个可能性，值得一赌。

"因为我觉得……静静不是李护士杀的。"

叶攀话音刚落，廖建国愣了一下："警方有消息吗？"

"没有。"

"你手里有什么证据？"

"还……没有。"

"那……有把握吗？"

"不好说。"

"嗯，如果真是这样，那这事就有意思了。"廖建国想了想，意味深长地笑了笑，"行吧，我就是问问，按你的思路来。"

叶攀缓缓点了点头。

那天，她翻完李悦的资料后发现，大体情况与陈福军爆料的内容基本一致。但当她看到李悦的朋友圈、QQ空间，以及那个关注者寥寥的微博时，无论如何都觉得，李悦不像是敢杀人的人。

当然，没人能断言一个人愤怒的瞬间会产生多大的破坏力。但在叶攀看来，李悦不过是一个再普通不过的小姑娘，有着简单的爱好，也有着这个年纪女孩常见的情绪起伏。即便情绪中带有抑郁和不快，也大多来得快、去得快。

当时网络公司从李悦的手机中调取了一份各类应用程序使用时长的统计数据。在微信之后，使用时长排在第二的，是一款名叫"连声"的社交软件。叶攀从未听说过，办公室里问了一圈，也没人知道这款应用。但它的使用频率如此之高，又是社交类的，很可能藏着李悦倾诉心事的对象，说不定能挖出些线索。于是，她特意圈出这一项，让小左顺着这条线查查，看能否联系到一些真正了解李悦的人。

至于陈福军采访的内容，虽然乍看之下没什么破绽，一旦剥离掉他个人的想象力，本质上无非是一桩桩生活中司空见惯的琐事。而且，内容中不乏主观臆测——同一件事，从不同角度看，呈现出的状态可能截然不同。真相有时就隐藏在这些视角交错所形成的盲区中，明明近在眼前，却仿佛远在天边。

只是，静静母亲的证词过于确凿。这种"确凿"在限制公众视角发散的同时，也无形中让人们默认了这一前提，并在此基础上，借助自身的想象力去补足前后的因果逻辑。人类基因中天然携带着对答案的渴望，发展至今，这种渴望早已演变为一种近乎理性的偏执与"真相焦虑"。而这种焦虑，驱使人们在自身认知框架内，用主观想象去填补那些尚未揭示的细节,以此获得一种心理层面的"理性安慰"。

并不是所有人都能像叶攀那样,以冷静的眼光去审视李悦这个人;也不是所有人都能看到,或愿意去看到李悦的另一面。因此,在这样一个"证词确凿、细节丰富"的案件中,李悦身上的"杀人犯"标签,便像一块巨大的负面吸铁石,吸附并磁化着一切可以用来佐证她"罪行"的信息。与此同时,那些无法被这块磁铁吸引的细碎证据,则被弹开、被忽视。可这些碎片,或许正等待着另一个标签,将它们重新拼合,构成一个全然不同的李悦。

"小叶啊,马上年底了,你把这几年的东西都整理整理。过几天集团的王总要下来,也想听听你对今后的打算,你也准备一下。"

刚回到办公室,叶攀抽屉里的那部备用手机响了。

"医院那边准备公开道歉。"

"什么时候?"叶攀有些不敢相信。

"11点。"

"警方呢,有消息了吗?"

"还没有。"

挂了电话，叶攀皱起了眉头。辉师傅的消息一向不会有错。

她心里忍不住暗骂医院——警方尚未给出调查结论，他们就急着跳出来道歉，这种过早的表态，难免会被外界理解为变相"认错"。即便李悦的行为最终被定性为个人过失，顶多也只是医院在管理上存在疏漏，可他们居然主动表态、抢先担责，未免也太草率了。

叶攀当然明白医院的考量：姿态够低，担责够快，并非真的意识到问题的根源，而是在当前局势下，为了尽可能控制坠楼事件的舆论冲击，而采取的最佳公关策略。

公众最厌恶的对手，从来不是强者，也不是恶人，而是死不认错的人。医院此时低头道歉、主动认错，看上去像是在服软，实则是为自己立起了一个"知错能改"的柔软人设。还没开打，便先自插三刀，不仅卸掉了公众的怒火，也堵住了舆论。一拳打在棉花上，力气无处可使，三两下就偃旗息鼓。

医院的策略无疑是聪明的。但叶攀知道，这场"道歉"表面上是在承担责任,实则是对真正问题的回避。看似在解决问题,实际是在掩盖问题。看似承认了用人和管理上的失误,却无情地把那个再也无法开口的李悦,推入了更深的深渊。

想到这里,叶攀轻轻叹了口气,随即点开李悦的微博账号,盯着那个名叫"尤其要开心的悦悦啊"的头像——一个笑着比心的小姑娘,抿了抿嘴,低声自语:"李悦啊李悦,你到底……做了什么呢?"

15

隐瞒

"我代表我院全体医务工作者,向关心此次事件的广大群众,以及患者和家属,致以最真诚的歉意。我院将深刻反省,自纠自查,进一步严格规范医护人员的管理和任用,避免类似事件再次发生。欢迎各界人士和广大人民群众进行监督和检查。另外,经研究决定,我院将向受害者家属赔偿人民币20万元。虽无法消除受害者离世所带来的痛苦,也希望尽可能给予家属应有的补偿。"

梁关站在人群后,望着刚刚宣读完道歉声明的王院长,以及身旁统一身着白大褂的数十位医院管理层领导。他们一齐朝尤茜深深鞠躬数十秒,媒体的话筒和摄像机镜头在尤茜和王院长之间来回摆动。

梁关也是半小时前才得知医院要公开道歉。调查尚未结束，医院就擅自作出这种表态，让他既气愤又无奈。

医院当然有权做出反应，但这种反应对查明真相毫无帮助，反而将更多的压力转嫁给警方。

警方对李悦的背景调查已完成大半。剔除证词中的主观判断后，从事实层面看，与媒体报道的内容基本一致。

一个月前，李悦因操作失误烫伤了一名男孩患者，被家属投诉。此外，她还卷入了孟医生的婚姻，被其正牌妻子在医院当众羞辱。正是这两起事件，导致李悦被调往10楼工作。

从家庭情况来看，李悦家境不佳，与父母关系疏离，家中还有一个欠下外债的弟弟。她的父母将"找一个条件好的城里人结婚"视为改变家庭命运的出路，这可能也是李悦与前男友分手的原因之一。她插足孟医生婚姻、最终遭受羞辱，又为对方堕胎，这一连串事件，无疑给李悦带来了沉重的经济和精神压力。

根据以上事实所推测出的心理状态，她的确具备一定的犯罪心理特征。

再结合更直接的证据：当天早上，她与母亲在通话中发生了激烈争执，随后在病房内与静静发生争吵，而在此前几天，她还曾与静静的母亲尤茜有过明显的口角冲突。这一系列矛盾的积累，很可能在李悦心中埋下了报复心理的种子。在长期压抑情绪的堆积，以及短期内负面情绪的剧烈膨胀下，她很可能在某一瞬间被冲动压过理性，进而做出报复性杀人的行为。从动机来分析，是说得通的。

加上尤茜的目击证词，可以说，"李悦杀人后自杀"是一个在各方面都逻辑自洽的版本。然而，尤茜作为受害者家属，其证词虽具参考价值，但因缺乏目击者，仍无法构成确凿证据。同时，结合其目击角度的特殊性，也不能完全排除其他几种可能性。

基于此，得出的结论尚不具备绝对的说服力。因此，梁关只能一遍又一遍地模拟现场，还得持续等待可能出现的新目击证据。但小马那边仍未传来新消息，随着时间的推移，发现有效目击证据的可能性也在不断下降——这意味着与"百分之百真相"的距离正在被迫拉远。

虽然案件发生至今仅一天，但梁关心中的压力指针，似乎已逼近极限。

"梁队，尸检结果出来了，有发现。"明明拿着文件一路小跑上了露台，"李悦体内检测出了安眠药成分——咪达唑仑。"

"安眠药？"梁关接过文件。

"准确来说，是一种具有安眠效果的抗焦虑药。从剂量和分解程度来看，应该是在死亡前5小时到8小时服用的，也就是凌晨1点到凌晨4点之间。"

"昨天在她住处没发现吗？"

"没有，在李悦的住处和她在医院的私人物品中都没有找到这类药物。当然，也可能是漏查了，我安排人再去查一遍吧。"

"不用了，这个不重要。"梁关一边翻看尸检报告一边说，"这应该是处方药。去查一下李悦近期的就医记录，尽快找到开药的医生，了解一下情况。"

明明点了点头："还有一个发现——李悦的工牌上，提取到了尤茜的指纹。"

"尤茜的指纹？"梁关抬起头，疑惑地望向明明。

"对。李悦的工牌上有一枚不属于她本人的指纹。证物科把这两天采集到的所有指纹做了交叉比对,发现这枚与露台门上的指纹一致。而从静静的水杯上提取的指纹中,排除了静静本人。综合比对后,基本可以确认,这枚就是尤茜的,目前还在做最终确认,但八九不离十。"

"嗯……"梁关沉默片刻,若有所思地说:"如果真是这样……"

"那就有可能是尤茜推了李悦。"明明走到栏杆边,背靠着栏杆,让阿达配合做了一个"推人"的动作,"难道,尤茜在说谎?"

梁关看着两人的演示,眉头紧锁,"这个栏杆有一米多高,要一把将李悦推下去,不是那么容易的事吧?"

"如果是尤茜看到了李悦将静静推下去,那情绪激动的尤茜倒是有可能使出全身力气。如果再借着冲过来的惯性,力量估计还会更大,而且更突然。李悦才九十几斤,这么来看,瞬间的爆发力也是有可能把李悦推出去的。"阿达从门口来了一个助跑,猛地停在明明身前,比画着最有可能发生的动作,验证自己的推测。

"嗯,也有道理,不过如果李悦和尤茜不是在露台接触的呢?"

"难道?"阿达似乎和梁关不约而同地想到了同一个方向。

"嗯,我们可能忽略了一个细节。"梁关合上文件,"分头行动吧。明明,你去查李悦的就医记录,找到给她开药的医生。阿达,我们得重看一遍监控。"

如果能证实李悦的精神状态不稳定,有躁郁或暴力倾向,虽然仍缺乏直接证据百分之百确认她的作案事实,但"李悦杀人"的推断在合理性上将更具说服力。

如果真如阿达所推测,是尤茜在目睹李悦将静静推下楼后情绪激动,进而将李悦推下去,那她之后的行为反应就显得不合常理,已经不是单纯的目击者那么简单了。

住院部的电梯年代较久,几部电梯的监控都处于待维修状态,因此梁关他们之前仅是通过电梯间的监控确认尤茜从10楼乘电梯下楼。

"调出一楼的监控。"

时间调回案发当天早上8:50。尤茜乘电梯下楼,阿达将时间调到一分钟后一楼同一部电梯的出口，电梯门打开，走出七八个人，可是，尤茜并不在其中。

"应该是同一趟电梯。"阿达将 10 楼和 1 楼电梯口的两个画面定格，并排展示。两个画面里都有一个穿黄色大衣、手中提着饭盒的中年男人，毫无疑问，这是同一趟电梯。

梁关让阿达一层层往下排查。刚看到 9 楼，就见尤茜从电梯里走了出来。画面放大后，电梯正对面方向，一个熟悉的背影正在推门进入楼梯间，尤茜则快步跟了上去。再调取另一个方向的监控，这回能清楚地看到——正如梁关所料，这人正是李悦。尤茜乘电梯下行，在 9 楼电梯门开启的一瞬间，看到了正推门进楼梯间的李悦，于是快步追了上去，时间显示为 8:51。

梁关又将 9 楼的视频细致串了一遍，发现李悦从 10 楼走楼梯下到 9 楼，是去了洗手间；从洗手间出来后又重新走楼梯返回 10 楼。但从时间上看，从 10 楼下到 9 楼，她只用了不到 30 秒，从 9 楼返回 10 楼却用了近 3 分钟。

也就是说，从 8:51 到 8:55 这段近 4 分钟的时间里，李悦和尤茜极有可能同时出现在两层之间的楼梯间。这段时间内很可能发生了某种接触，尤茜才会将指纹留在李悦的工牌上。

显然，尤茜并没有和李悦一同返回10楼，而是在楼梯间停留了几分钟，直到8:57才从9楼楼梯间出来，随后搭电梯下到1楼；9:14，她又乘电梯回到了10楼。

从尤茜进入9楼楼梯间到李悦走出10楼楼梯间这4分钟的时间里，并没有其他人从这两层中进出。但在这之后的10分钟里，却有4个人先后从楼梯间走出——很有可能，他们当时看到了楼梯间里的李悦和尤茜，知道两人之间究竟发生了什么。

楼梯间没有监控，看来只能扩大调查范围，去寻找这几个可能的目击者了。

梁关将尤茜从楼梯间走出的画面定格、放大。虽然视频清晰度不够，看不清她脸上的表情，但梁关的目光像要穿透屏幕似的，紧紧盯住画面中的尤茜，低声自言自语："尤茜为什么要瞒着我们呢？这事有意思了。"

16

刘小龙

医院方面公开道歉后不到 2 小时,刘小龙出手了。

一篇题为《医院杀了人,道歉有用吗?》的文章通过一个名为"热血冷眼"的公众号首发,随后迅速被"小龙说事儿"以及刘小龙矩阵下的 8 个公众号转载,不到一个小时就产生了 3 篇阅读量超 10 万的文章。叶攀快速翻看了内容,毫无疑问,这是刘小龙的手笔。虽然她预判了无数种可能的方向,但刘小龙的出招,还是超出了她的想象。

这篇文章踩着滨江三院公开道歉的节点发布,内容却并不是此次坠楼案,而是滨大附属三院的"闭针疗法"事件。文章通过图片、视频和文字,将"闭针疗法"的残忍赤裸裸地展现在读者面前：惨烈哭泣的孩子、一个个豆大的血窟窿——即使叶攀自己曾报道过这个新闻，文章中大多数素材她也是第一次见到。内容之翔实，情绪之饱满，让她看完后需要深呼吸才能平复心跳。若这篇文章是在一个多月前发布，她或许也会为之叫好。但选在医院坠楼案的当口发出，未免显得太过"不怀好意"。

文章将坠楼案、医院道歉、"闭针疗法"三者巧妙混合，刻意模糊时间线，用"某医院"的措辞，将滨江三院和滨大附属三院混为一谈，隐隐地在读者心中构建出"闭针疗法"与坠楼案之间的潜在因果关系。借着坠楼案的热度作为引子，又把医院的道歉当火苗，引爆了早已埋好的炸药导火索。蹭热点是所有自媒体的必修课，但能将一根火柴变成炸药包的，恐怕也只有刘小龙做得到。

普通人的情绪哪经得住这般挑拨？早在文章"循循善诱"之下，便在大脑中完成了"医院杀人"的因果结构，积蓄的怒气自然全数倾泻向刚刚发布道歉声明的医院。医院原本打算借道歉示弱，往火堆上泼一盆冷水，却被刘小龙巧手一转，将这盆"水"变成了"油"，让医院的诚意和道歉瞬间变成虚伪和甩锅。连本来不属于他们的无名怒火，也一并烧了过来——妥妥地，引火上身。

当然，刘小龙这样激进的方式其实是有风险的，说得委婉点就是模糊主体，混淆事实，要是说得不好听那就是造谣，而造谣当然是要付出代价的。即使文章已经小心地揣度了用词，但是一旦出了纰漏，是很容易被封号或是被舆论反噬的，弄不好还会承担相应的法律责任。这也是为什么文章并没有用500万粉丝的"小龙说事儿"首发，而是用了一个主体不同，而且粉丝量只有不到1万的新号首发的原因。如果翻车，大不了这个"热血冷眼"的新号被骂被封，转载文章的"小龙说事儿"矩阵删帖道歉，也不会有更多的影响。可要是没翻车，这就赚大了，在"小龙说事儿"矩阵的支持下，这样热度的一篇文章让"热血冷眼"涨个几十万粉丝一点问题没有，况且不仅是粉丝量，就连公众号调性和忠诚度都一步到位站在了高端高价值的段位上，如此高效率、高性价比的运营手法，是只有高手才玩得转的招数。

可是，无论招数多高明，舆论反馈多好，叶攀也看不上。倒不是技术上的问题,而是在叶攀的新闻价值观里,不真实则无意义,这是她的底线。显然,以这个标准来看,刘小龙是没有底线的。

刘小龙的文章将关注点都放在了医院和"闭针疗法"上,对这次的坠楼案并没有表态,这让叶攀仍然感觉心里没底,正当她为此挠头的时候,刘小龙发来了微信:叶主编,来禾一茶室一聚?

什么意思?叶攀皱了皱眉,想不明白刘小龙葫芦里到底在卖什么药,小左那边还没有新的消息,闲着也是闲着,不如去探个究竟,叶攀删去已经打出的一长串客套的拒绝话语,回了一个字:好。

禾一茶室的暖气开得很足,刘小龙身穿一件麻布素衫,有模有样地在桌前摆弄茶具。灯光下,他锃亮的光头映出一圈圈富贵的光晕,与布衫下微微隆起的肚皮相映成趣。陈福军坐在一边,饶有兴致地看着刘小龙显摆沏茶的手法。

"刘总,今天您这是好兴致啊?"叶攀凑近闻了闻头泡的茶渣,浓郁中带着一丝陌生气息,似乎还有淡淡的茉莉花香。

"这不是刚好在附近嘛,就想着和你俩聚一聚。来来来,尝尝我从云南带回来的上品好货。"刘小龙笑容满面,熟练地将泡好的茶汤倒入精致的白瓷小杯,金色的普洱茶汤升起热气,在三人之间缓缓氤氲。

叶攀端起小杯一饮而尽,意外地觉得好喝。她虽不懂茶,却能感受到茶汤的细腻温润,顺喉而下后,香气浓淡适中,在唇齿之间回荡不散,让人忍不住细细回味:"嗯,不错,不错。"

"不错吧。"刘小龙得意地笑了笑,"你们年轻人啊,别光靠咖啡续命,不健康。多喝点茶,这养生啊,还是得从娃娃抓起。"

"刘总,我们哪有您这功夫,不过这茶的确不错,什么茶?"陈福军端起茶渣,认真打量着。

"普洱啊,不过具体什么品种我也说不清,是老乡家自家发酵的。"刘小龙说着,又给叶攀和陈福军的杯中续了茶。

"福军,乐乐现在情况怎么样了?"叶攀将茶杯举到一半，忽然想起陈福军生病的孩子，又把茶杯放了下去。

一听到"乐乐"，陈福军脸上立刻浮现出一丝愁容："唉，不好说。下周一专家会诊后才能有明确结论。虽然目前已经大致定位出病灶在大脑哪个部位，但能不能动手术，还得看会诊结果。主治医生说，情况挺复杂的，不是很乐观。"

"要不考虑去北京治疗？实在不行，出国也行，看看国外的医院有没有办法。"刘小龙脸上的笑容也收了起来，认真地出着主意。

陈福军摇了摇头："都问过了，全球范围内都没有特别成功的案例。北京那边的专家也会过来，还是得看会诊怎么说。"

"治疗费用紧不紧张？需要的话随时开口，别的不说，千万别让孩子吃亏。"

"龙哥，上次你借我的那 10 万我还没还你呢，我这都还挺不好意思的……"

"唉，钱是小事，人是大事。先把孩子的病治好最要紧。"

"费用暂时还行，多亏了攀姐照顾，我那边的小团队也挺给力，四五个人整天都忙不过来，现在还想再招俩人呢。"陈福军说着，感激地朝刘小龙和叶攀笑了笑。叶攀也回以微笑，轻轻点了点头。

话题一转，刘小龙接了过去："听说，小叶马上要升总编了？恭喜恭喜啊。"

"哪里哪里，这事还没定呢。而且说到底，也就是打工，哪有刘总自己当老板那么潇洒？"叶攀笑着把恭维话圆了回去，又顺势将话题转向刘小龙："我来之前还在看你今天发的文章呢，太厉害了，真心佩服。"她说完，还冲刘小龙竖了个大拇指。

"小叶啊，你真是这么想的吗？"刘小龙放下手里的茶具，盯着叶攀的眼睛，神情和语气忽然严肃了起来。

叶攀收起笑容，一时间不知如何作答，只好沉默不语。

刘小龙笑了笑，"文章你也看了，说到底，其实就是造谣。你肯定也不认同，不过这事吧，我也说不上。我给你俩讲个故事吧。"他说着，把剩下的茶汤分完，又换了一泡新茶放进粗陶茶壶中煮上，慢慢开始了他的讲述。

"上个月我去了一趟云南，一个朋友带我去找据说是最好的高山茶园，我们开着越野车，山路崎岖，整整两天才到，路实在太难走了。到了之后发现，这是一个只有差不多两百户人家的寨子，都是彝族。这地方虽然出产着几乎是全国最好的普洱，但看上去真让人难以置信，穷，肉眼可见的穷。

"我朋友对我解释，像这样的原始茶园，虽然能种出最高品质的茶叶，但是对茶农来说，真的没什么利润，一斤茶也就挣几块钱。而一旦经过倒茶的贩子收购、包装、宣传，到了终端消费者手里，价格已经翻了几百倍不止。商业嘛，这倒也可以理解。茶农没办法，钱眼睁睁让贩子赚走了，也不甘心呀，于是就自己也按照传统的法子发酵，做一部分茶自己卖。

"可这么一来问题又来了，现在茶叶的制作都已经标准化、规范化了，对过程和安全的把控都已经达到很高的标准。这些茶农用最传统的方法制作出来的茶叶，菌落数量啊，种类啊，都无法达到行业要求的标准，根本就不能贴上标签进入正规的商品渠道，只能自己拿去周围的集市，或旅游景区附近，零散地卖一卖。

"说来也是讽刺，市面上打着'古法发酵、手工制作'噱头的普洱上千上万元一斤地卖，真正手工制作、古法发酵的茶却根本进不了市场。靠着优质茶园的名声倒茶的贩子赚得盆满钵满，而真正种出好茶的茶农却穷到揭不开锅。

"为什么会存在这样的现象呢？当然，咱不能说怨这个世界，得先从自身找原因。所以，我们就在寨子里住了一周，就住在一户茶农家里，然后整天找茶农聊天、观察，很快我们就得出了结论：教育。这个寨子里至少有一半人没有读过书，另一半人里又有一半只有小学文化，整个寨子里高中及以上学历的人不超过 10 个。

"这其实也很好理解，一是地理位置偏僻，二可能是这个寨子里有一些人确实没有主动接受文化教育的意识。而且从这个状况来看，就算有一些真正读过书、学历高一点的人，这个地方估计也留不住。说白了，大多数人不是不想出去，而是出不去，出去拿什么和人家竞争？所以，这些人就因为没有文化，不仅困在了这里，也困在了现代社会的夹缝里。

"但没多久，我们就意识到，我们这个结论有问题。

"这个寨子里的大多数人确实没怎么读过书，也没什么学历，但这并不代表他们缺乏见识，更不代表愚昧。一般来说，这种相对封闭落后的地方，人都会有一些迷信，可是在这个寨子里，我们并没有看到这些。即使是年纪大一些的茶农口中，也听不到想象中神神道道的说法。相反，人们对现代科技、医学这些'科学的东西'，表现出极大的热情，或者说，是一种崇拜和信任。

"这种感觉让人觉得很不正常——倒不是说，这样一个封闭落后的寨子里人们思想如此进步有什么不妥，而是他们对现代科技的态度，说不上来，更像是另一种形式的迷信。在他们看来，现代科技就是一种新的神迹，这种神迹是无所不能的。

"比如说吧，我们和一个三十多岁的男人聊天，在他看来，世界上没有什么是科学解决不了的：冲出太空、征服宇宙不难，甚至见到外星人也不稀奇。医学更是万能的，根本不存在治不好的病。

"你们没见过他脸上的表情，那种百分之百虔诚的神情，反倒让人觉得有点诡异。

"我们也很好奇，到底是什么让他们有了这样的想法，就顺着话题往下聊。后来才发现，他们对现代科技近乎迷信的态度，是有原因的。

"很多年以前，这个寨子其实跟其他寨子差不多，封闭落后，还有一点迷信。生病、受伤，多半是找赤脚医生，疑难杂症就去请巫医施法，吃一些说不清成分的草药。

"可能是因为寨子小，有些近亲结婚的情况吧，有一段时间，这个寨子里生了不少有基因缺陷的孩子：不能走路的、不能说话的、歪嘴的、痴呆的，反正就是不正常。还有两个孩子连3岁都没活到就死了。赤脚医生搞不定，巫医的'神术'也不灵，大人们开始慌了。

"他们把附近的医院都跑遍了，查来查去，连个确切的病因都查不出来，自然也不知道该怎么治。到了市里的大医院，医生也说不清楚，只是建议'多做理疗'。这让家长们更崩溃了——一不打针,二不吃药,这哪像是治病?大家更慌了。

"这个时候,有人给他们介绍了一家医院,说是有新技术,专门治这种病。

"你们应该也猜到了,就是滨大附属三院。说来也神奇,经过滨大附属三院几个疗程的'闭针疗法',就像医院宣传的'将近百分之百的治愈率',大多数孩子竟然真的治好了。其中就包括那个男人的孩子。我们也见过那个孩子,现在已经10岁了,跟正常孩子没什么区别,看不出有任何问题。

"可是问题也随之而来。我们都清楚,脑瘫在全球范围内都被视为'不治之症';我们也一直将'闭针疗法'定义为'伪科学',普遍认为那是糊弄人的玩意儿——可为什么人家就治好了呢?

"我很想给他们解释'闭针疗法'是伪科学,可我张不开嘴。就算硬着头皮解释,也说不清楚。而且人家有活生生的例子摆在那里,我就算搬出再权威的文献证据,也没有说服力。这件事一直像个疙瘩一样堵在我心里,我就想办法找了几个孩子的病历资料,发到北京,托业内的朋友帮忙研究研究,看看究竟是怎么回事。

"很快我就得到了回复——其实,这几个孩子原本就不该被诊断为脑瘫,也没有证据表明他们患有基因缺陷疾病。初步推测,他们的问题多半是由某种原因导致的发育迟缓。简单来说,就是到了该走路的时候却不能走路、该说话的时候说不了话,或者肢体动作不协调。虽然症状看上去挺严重,但根源其实是发育迟缓。随着年龄的增长、身体器官逐渐发育成熟,再配合一些理疗手段,大多数这样的孩子其实是可以恢复到正常状态的。

"好了,真相大白。我就拿着这份结果回去找那个男人,想给他解释清楚。结果他反问我一句:'如果当时没有这家医院,我该怎么办?难道不是这家医院救了我的孩子吗?'

"我一下子被问住了,不知道该怎么回答。于是我换了个角度问他:'那么小的孩子就要经受那种非人的痛苦,你真的忍心吗?'

"他却特别认真地回答我:'不经历痛苦,怎么能

被救赎？我认为值得。别的孩子我不管，但我的孩子能承受，他必须承受。'

"很难想象，这样的话竟然是从一个只有高中文化的茶农嘴里说出来的。我一时间无法回应，突然觉得，自己像个被困在笼子里、自说自话的疯子——面对他的人生选择，我说出的每一个字都那么苍白无力。

"我能看得出，那男人并不是自私，也不是那种把希望寄托在孩子身上的人。不是的。孩子在承受痛苦的时候，我相信，他比孩子更痛苦。

"那一刻，他带给我的不是愚昧，而是一种几乎可以称为伟大的东西。你知道吗？真的，我被他震撼到了。那一瞬间，我仿佛明白了'闭针疗法'究竟意味着什么——它不是先进的疗法，也不是骗人的伪科学，而是一种'希望'。

"这种希望意味着什么？意味着不屈服，意味着改变命运，意味着在坠入深渊的时候，依然紧紧握住那只从黑暗中伸出的手。

"他们将'医院'和'钢针'等同于'科学'和'先

进'，并不只是因为认知上的局限，更多是因为在绝望面前，在那微乎其微的可能性面前，他们愿意放手一搏。你真的没法苛责他们。如果这事发生在我的孩子身上，我或许也会做出同样的选择。

"当然，这个男人的经历并不能代表所有人。之后，我们又走访了寨子里几个曾接受过'闭针疗法'的孩子家长，情况大都大同小异，只有一户人家，有些不同。

"那个孩子才一岁半，已经在滨大附属三院接受了两个疗程的'闭针疗法'，却被强制出院。家长带着孩子辗转奔走于各大医院，始终无解——几乎所有医院都给出了'脑瘫'的诊断，基本宣判了死刑。

"我们去这家探访时，心里真不是滋味。为治病，他们掏空了整个家——地、茶园、老宅子，全卖了。他们也知道这是不治之症，可是谁又能甘心呢？

"这对夫妻正准备再上一趟北京碰碰运气。我们不知道自己能做些什么，只能祝他们好运，并尽力帮他们联系北京那边的朋友。

"临走时，他们把家中仅剩的最后一点陈茶送给了我们——他们说，这壶喝完，就真的没有了。"

刘小龙叹了口气，眉目低垂，顿了顿，端起茶杯，将已经凉透的茶汤一饮而尽。

半晌，叶攀才慢慢开口："所以，这次的文章里面的素材，是从那个寨子来的？"

刘小龙摇了摇头。茶炉上的普洱也已经煮好，他将冒着热气的茶汤从壶中倒出，给三人添满："不是，毕竟数量太少了。你知道天平街吗？"

叶攀摇了摇头，陈福军倒是想起了什么："这个我倒是听过，就是滨大附属三院后门那条老巷子。当初乐乐还在滨大附属三院的时候，听同病房的家长说过，全国各地很多来带孩子看病的人都住那里。"

"没错。天平街是个等着拆迁的老区，多是违建房，就那种城乡接合部的感觉。不过房价便宜，离医院近，很多旅社和房子都是专门租给病人家属的。就跟一般医院附近常见的'癌症街'差不多。"

"可是，附属三院不是已经暂停'闭针疗法'了吗？那里还有人住？"

"你是没去过，去一趟就明白了。没人愿意走。跟网上骂医院的舆论不同，那地方的情况复杂多了。有一部分是等赔偿的，有的是盼着重新开始治疗的，还有一部分孩子家长联名写锦旗、签名上书，为医院讨说法——说到底，他们是希望医院能早日恢复治疗。"

"可都已经闹得这么厉害了，医院还会重启这个项目？"

"小叶啊，你太年轻了。很多事情远比看上去复杂。这种治疗手段，其实至今都没有一个明确的官方判定。它牵涉到整个医疗系统，医院的营收体系，还有地方上的一些问题。要想持续十几年的时间，可不是件容易的事情。"

"嗯……"听刘小龙这么一说，叶攀不由得皱起了眉头。说到这一步，后面的问题就深了，不光是责任与利益的纠葛，也早已超出了简单的是非对错。

"我从原来那个患者群里看到的消息，据说滨大附属三院已经调整了方案，很快就会重启'闭针疗法'了，只是，这次可能会换个名字。现在医院那边正在做患者回访。"陈福军将手机递给叶攀，屏幕上是一条群发的

信息:

@所有人　医院那边有消息了,治疗很快就能开始了,需要开始新疗程的家长去@菲菲妈妈　这里先登记。特别注意:请家长们不要随便接受媒体采访,以免媒体恶意抹黑,医院又要暂停治疗,咱们的孩子可耽误不起啊,各位家长切记。

发送消息的是一个叫"何嘉浩妈妈"的群管理员。叶攀往下滑了滑,下面是一连串"收到"和"感谢"的回复,还夹杂着几句"要挺住""一起加油"之类的相互鼓励。

一瞬间,叶攀的鼻子酸了一下,仿佛内心某处柔软的地方被轻轻触碰。她很难用语言准确描述此刻的感受——每一句"收到"的背后,都是一个为了给孩子治病而拼尽所有的家庭。这些不幸的家庭,竟以这样的方式团结在了一起,互相打气,彼此支撑。而更让叶攀意外的是,这群团结一致、共同对抗的"敌人",竟然是她——一个自以为在主持正义的媒体人。

"我也很犹豫，不知道该怎么去理解这些事。但总觉得，得做点什么。所以……"刘小龙无奈地摊了摊手，"这事我也没法跟别人聊，也就只能找你俩说道说道了。"

叶攀终于明白了刘小龙借题发声的意义。其实，刘小龙也没想好，到底能为这些人真正做些什么。但在当前的情势下，他们都明白，至少这事不能就这么算了。而"不能让这事就这么算了"的第一步，就是让这件事重新热起来。

只有让这事在舆论场上吵起来，让更多人关注起来，才能在持续的讨论中，逐步厘清真相，辨明是非。从单个事件的角度来看，舆论确实很容易被引导，但如果放在一个更长的时间维度中观察，大多数舆论最终还是会在混沌中寻找出一个相对合理的秩序。所谓"真金不怕火炼"，只有在被舆论之火灼烧之后，才能揭开虚伪的外壳，暴露出真正的真相，也才会显现出什么才是扎根于广大人民群众心中的正义。

所以，只要刘小龙把这事炒得够热闹，人们就一定会在反复的讨论中，逐渐搞清楚——"闭针疗法"和坠楼死亡不是一回事，道歉与草菅人命也不是出自同一家医院。舆论最终也会被引导至刘小龙真正希望大众关注的方向。

至于那家被"误伤"的医院，公众很快就会遗忘。就算被舆论之火烧上一轮，那也不过是皮外伤，还伤不到筋骨。至少在刘小龙的意识里，为了达成目标，让道歉的医院当这块"垫脚石"，或许有些不道德，但性价比极高。

"可是刘总，你连在患者和旁观者之间都没有找到一个明确的立场，又怎么能就这样把裁量权交到高高在上的网民手里呢？"叶攀明白，在这件事上，网民的舆论虽然能澄清不少内容，但风向仍然容易走偏。广大的网民和围观群众就算再理智，也不可能百分之百体会患者和家属的心情啊。况且，相较于那些在网上激扬文字、指点江山的群体，现实中的病患和家属几乎没有什么话语权，就算有这个意识和意愿，时间与精力上也难以支撑。

刘小龙的文章，就像是把患者、家属和医院一同扔到了舆论的刑场上——口中无理，手中无刀，贴着"愚蠢""残忍"的标签，任由网民的大刀砍杀。这根本不是一场势均力敌的争论,又怎能辨出真正客观的真相呢?

"所以,我才叫你俩来嘛。"刘小龙意味深长地笑了笑,给两人添上茶,"我也就是煽风点火还行,真正顶用的还得是你们呀。"

叶攀和陈福军一对视,突然就明白了这个局的意义。

刘小龙这只老狐狸。

陈福军既是患者家属,又掌握着媒体的切入口;叶攀则掌控着发动舆论的核心资源。刘小龙把他们两人叫来,可不仅仅是为了讲一个故事给自己洗白。群众的舆论之火已经被他点燃,为了不让这场讨论沦为情绪的屠杀,他需要他们两人站出来——不一定要站在舆论的对立面,但至少可以让这场讨论更公正、立体一些,让不同立场的人有机会探出自己的认知边界,看到事情的更多面。

"福军,你怎么看?"叶攀没有正面回应,顺势把话题抛了出去。

"这事可不轻松啊。"陈福军有些犹豫,"对了,攀姐,这次的坠楼案……"

"哎,也是头疼,这个案子也不简单。"叶攀叹了口气,摇摇头。

"你老公那边没给你透点风?"刘小龙也来了兴趣。

"从他那想挖出点消息,比从铁公鸡身上拔毛还难。唉,指望不上,指望不上。"叶攀摆摆手,自嘲地一笑,气氛一下子轻松了不少,三人笑作一团。

叮咚一声,叶攀的手机弹出一条小左的消息:联系上了。

叶攀长出一口气,表情又恢复了严肃。

17

直播采访

"灯光,这边灯光再亮一点……可以了,可以了,各平台测试都好了吗?给我个手势……"小左在临时搭起的演播室里指挥着工作人员,对设备进行最后的调试。

叶攀看着不远处那个背对着自己、安静坐在化妆台前的男人——五官立体,眼神深邃,健康的沙色皮肤没有一点瑕疵,3毫米的圆寸整齐贴服,白色衬衫干净合身,线条利落,被恰到好处的肌肉撑起,全身没有一丝多余的装饰,呈现出一种简单而高级的质感。这让造型师的每一个动作都像是在画蛇添足。

当他微笑着向造型师表达谢意的那一刻,叶攀忽然觉得有些不真实——他太"漂亮"了,像是从偶像剧中走出的男主角，而不是此刻该出现在这里的那个人。

可就在那男人从镜中望向身后的叶攀时，那双眼睛里藏着的忧郁，却让叶攀不自觉地被感染，甚至升起了一种莫名的信任与同情。随即，叶攀的心中却泛起一丝不祥的预感。

小左联系上他的时候，他似乎早已准备妥当。他的立场和证据之坚定，让叶攀根本无法拒绝他提出的条件。对方发来的 3 段录音，经过技术人员分析，确认无误，是李悦的声音。而这样的录音，他手里一共握有 37 条。

可是，做直播采访，真的好吗？

新媒体事业部其实很早就和各大平台对接，搭建好了直播技术基础。但不同于体系完备的传统电视新闻，叶攀一直没有在滨江传媒的路径上，找到一个真正适合用"直播"呈现的新闻内容——既要区别于实时连线的电视形式，又要适应新媒体的碎片化传播，还必须保障新闻的吸引力与真实度，这并不容易。

至于新闻是否适合用直播呈现，业内至今也没有明确共识。

所以，当对方提出只接受全网视频直播采访的要求时，叶攀着实惊讶。不过，惊讶之后再细想，这不正是她一直在等待的机会吗？

直播采访的预告3小时前已经全网发布，虽然叶攀对《神秘人现身，医院坠楼案是否会出现重大反转？》这个标题不太满意，但从传播效果来看，的确引发了大量关注。距离直播开始还有5分钟，各平台直播间的总在线人数已突破3万，而且数字仍在快速上涨。随着直播开始，流量还将进一步涌入。

滨江传媒的内部人员、各大平台的技术团队也已就位，为滨江在线的首次直播做足了准备。观众已陆续就位，只等主角登场。

镜子中的男人向叶攀微笑示意，叶攀也轻轻点头回应。他起身走入影棚，坐在灯光之下，在监控大屏上，叶攀看不出他丝毫的紧张。

叶攀做了一个深呼吸——要开始了。

主持人：请问您怎么称呼？

李　更：我叫李更。

主持人： 请问您和坠楼案中的其中一个死者，也就是李某，是什么关系？

李　更： 我们是网友。

主持人： 你们在现实中见过面吗？

李　更： 她叫李悦，我们没有见过。

主持人： 好的，之前您说您对媒体曝出的关于李悦的内容有不同的看法，并且有相应的证据，是这样的吗？

李　更： 是的。

主持人： 是什么样的证据呢？又是从哪里来的呢？

李　更： 在过去一个多月时间里，李悦只要不是夜班，都会和我语音聊天，我所知道的内容都是李悦自己的陈述，而且，所有的聊天我都有录音。

主持人： 好的，我手里有一份某媒体对于李某相关信息的报道，我会逐一列出，如果您有不同的看法，希望您能分享给所有的观众，可以吗？

李　更： 好的，可以。

主持人： 各位正在观看直播的观众朋友，你也可以在屏幕下方留言参与互动，提出你们最想问的问题，也可以对已经提出的问题进行投票，稍后，我们也会按照问题的关注度，由李更来解答大家这些问题。李先生，你准备好了吗？

李　更：好了。

主持人：好，之前有媒体报道称，李某曾经在住院部4楼工作，不久前才调到了10楼，原因是烫伤了一个小男孩，被小男孩的母亲投诉，是真的吗？

李　更：是真的，但她不是故意烫伤小男孩的，小男孩当时打了开水，杯盖没有拧紧，从楼道跑进了病房的时候，撞上了正要出病房的李悦，杯子打翻，开水不仅烫伤了小男孩，也烫伤了李悦的小腿。她赶紧给小男孩道歉，并且带他去处理烫伤。即使她有责任，也不是故意的，这就是一个意外，而且，她也给小男孩的母亲道了歉，赔偿了医药费。李悦是这样跟我讲的。

主持人：你有确切的证据吗？

李　更：我有我和李悦的聊天录音，我相信她的话，而且，当时事情发生在病房门口，医院应该有监控录像，去查一查就知道了。

主持人：这件事还有谁知道吗？

李　更：很多人都应该看到了，护士、医生还有病人。

主持人：那没有人为她说话吗？

李　更：好像没有，医院领导只想安抚病人和家属，病人们也都不爱管闲事，而且她和同事的关系也不太好。

主持人：李悦和同事的关系不太好，是因为某媒体所报道的，她介入了别人的婚姻吗？

李　更：有这方面的原因，从事实层面讲，李悦确实介入了别人的婚姻，但她其实也是受害者。

主持人：受害者？为什么这么说？

李　更：因为李悦对于孟医生已婚的事实并不知情，是孟医生故意隐瞒了已婚的事实，所以从李悦的角度来看，他们曾经是正常的恋爱关系。

主持人：会不会是因为李悦在心理上要合理化自己的"小三"行为，才这么跟您讲呢？

李　更：不会。因为她不是唯一的受害者。据我所知，孟医生在医院至少欺骗过三四名像李悦一样的护士。

在事情曝光前，她们彼此并不认识。其中一名护士还因此辞职。我建议你们可以试着联系一下她们，就能确认真相。对了，还有一个细节，李悦曾告诉我，她借给孟医生3万元——几乎是她的全部积蓄。我想，没有哪个"小三"会这么傻吧。

主持人： 那李悦是什么时候知道孟医生已婚的？

李　更： 应该是他妻子去医院闹事的时候吧。李悦那时已经怀孕了。但她说，无论是她无知也好、被骗也罢，她确实介入了别人的婚姻，所以她感到非常羞愧，主动断了联系，自己去做了流产，借出去的钱也没要回来。

主持人： 好的。我们也连线了另一位曾被孟医生欺骗的女士，请导播把通话接进来……您好，请问是邹晓红女士吗？能听到吗？

邹晓红（电话音）： 能听到，我是邹晓红。

主持人： 好的，请问，能方便描述一下你和孟医生的关系吗？

邹晓红（电话音）： 嗯，我和孟医生当时是男女朋友，后来才知道他已经结婚了，他之前一直都说自己是单身的。

主持人：你认识李悦吗？

邹晓红（电话音）：不认识，他们在一起的时候，被我撞见过，我以为孟医生劈腿了，结果后来孟医生的老婆到医院来闹，才知道我们都被孟医生骗了。

主持人：是你把孟医生和李悦在一起的事告诉孟医生老婆的吗？

邹晓红（电话音）：当然不是，后来我和李悦交流，看了聊天记录才发现，他骗我们的话术都一样。

主持人：那之后，你就离开医院了，是自己辞职的吗？

邹晓红（电话音）：我自己辞职的，出了这事，医院也待不下去了，正好也不想干了，就回老家了。

主持人：嗯，今天你有什么想跟观众说的吗，或是孟医生？

邹晓红（电话音）：事情都过去了，我就想和所有人说下，我和李悦都是受害者，都是被孟医生骗了，我们不是"小三"。我们没有错，错的是孟医生那个渣男。李悦死了不能为自己说话，但是我还活着，所以，我也支持李更，谢谢他为我们这些受害者正名。谢谢你了。

主持人： 好的，谢谢邹晓红女士，也希望你能走出这段阴影，开心地生活。再见。

邹晓红（电话音）： 好的，再见。

主持人： 听完了和邹女士的通话，我们继续采访李更先生。您了解李悦的家庭状况吗？据某媒体此前报道，李悦家境不好，父母重男轻女，还有一个借了债、游手好闲的弟弟，是这样吗？

李　更： 李悦确实跟我抱怨过她的父母，说他们更偏向弟弟。按照她的说法，并不是传统意义上的重男轻女，更多的是把她当成大人，把弟弟当成需要照顾的小孩。弟弟欠了钱，家里又还不上，李悦作为姐姐，就只能多担一份责任。至于"游手好闲"这点，我不太同意。李悦说她弟弟是和朋友一起开了奶茶店，后来生意做不下去，赔了钱。她觉得弟弟其实挺懂事的，也想为家里减轻负担，只是刚踏入社会，太单纯了。

主持人： 那她有没有被父母催婚？甚至因此和前男友

分手？

李　更：她确实被催婚了，催得也很紧，家里也确实希望她找一个城里条件好一点的对象。但她说，其实很多女孩的父母都会这么想。父母当初是挺反对她和前男友的，但分手是她自己做的决定。

主持人：坠楼事件发生当天早上，她和母亲通话时发生了争吵，这事您知道吗？

李　更：不知道。我和李悦最后一次通话是在当天凌晨，之后发生的事我就不清楚了。

主持人：据说，几天前她和另一名死者的母亲有过争执，您知道吗？

李　更：她提过。

主持人：知道她们是因为什么吵起来的吗？

李　更：李悦说那天她去病房，发现一个小女孩点滴针滚了，整个手臂都肿了。她妈妈就在旁边，却只顾着自己玩手机，完全没注意到。李悦赶紧处理了，还觉得心疼那孩子，见她妈妈这么心大，就说了几句，结果两人就吵起来了。

主持人： 好的，谢谢李先生的回答。到目前为止，针对之前某媒体对李悦的报道内容，李先生都表达了自己的看法。接下来，我们来看正在观看直播的观众朋友都提出了哪些问题。先来看热度最高的一个问题：请问，您觉得李悦是杀人凶手吗？

李　更： 我不觉得。她是一个善良的女孩。真的。我不认为她会杀人。当然，最终的真相还要等警方调查，我相信警方会查清楚。

主持人： 我们来看热度第二的问题：李先生，请问您现在有女朋友吗？

李　更： 这个问题，跳过吧。

主持人： 好的，不方便回答我们就跳过。第三个问题，您觉得李悦会不会是因为心理压力太大而自杀？

李　更： 我觉得不会。她其实是个很乐观的人。即使经历了那么多糟心的事，也从没表现出想放弃生活的念头。她还有很多愿望没实现。我们还约好，如果我们聊满100天，就见一面。我相信她不会食言。

屏幕中的李更在回答到这里时，眼泪已经浸满眼眶。

这张带着忧郁气质的脸，虽然表情变化极为轻微，却已足够让屏幕前的观众心碎。叶攀一边浏览网友评论，一边看到大家无一不被李更的情绪所感染。随着互动问答的推进，直播间的热度也在持续攀升，仿佛全网的注意力都被这个忧郁的美男子吸引了过来。

主持人：由于时间关系，我们还有最后的一个问题。请问李先生，您为什么要站出来替李悦说话？

李　更：因为李悦曾经救过我一命。那时我正准备结束自己的生命，是她救了我。那段时间，我因为信任生意伙伴被骗，欠下了不少债，身边所有人都离我而去，只有她没有放弃我。她一直鼓励我、陪伴我，从人生的低谷中把我一点点拉了出来。是她用她的乐观感染了我，让我相信只要还活着，就还有希望，没有什么过不去的坎。她是我的救命恩人。所以现在轮到我来救她了——虽然她已经去了天堂，但我不希望她走后还要背负一个"杀人犯"的恶名。所以我必须站出来，把我所认识的李悦告诉大家。这是我现在唯一还能为她做的事。

主持人：李先生，您还有什么想对正在观看我们直播的观众说吗?

李　更：李悦是我认识的最善良、最乐观的人。希望大家能够看到她真实的一面,不要被片面的传言所误导。同时,也希望大家不要再去打扰她的家人。失去了女儿,失去了姐姐,他们也正在承受巨大的痛苦,请给他们一些空间。我相信李悦是无辜的,也请大家相信,时间终会还她一个清白。我愿为我今天说的每一句话负责。我和李悦的37条聊天录音,也已经整理好上传到了公众号"李更先生",各位关心她的朋友可以自行前往查看。谢谢大家。

李更讲完这最后一句话,叶攀突然意识到,自己被利用了。

她朝小左递了个眼神,小左立刻明白,迅速转头盯着电脑敲击起键盘。十几秒后,叶攀收到了他的回复:"所有平台,微博、公众号、抖音、头条、知乎……还有十几个,全都有了。"

叶攀懊恼地咬了咬牙,事已至此,已经没有办法了。

在此前的谈判中,李更提出要全程直播,他告诉叶攀的理由是：之前媒体对李悦的报道有误，他不信任媒体，担心媒体在编辑和加工的过程中会偏离事实。出于对事实的尊重，叶攀才答应了他的要求。但现在她才意识到，李更的真正目的，远不止于此。

仅仅是这短短半个小时的网络直播，就为李更带来上百万的曝光量——而这还只是直播本身。随着话题发酵，以直播内容为基础的短视频、自媒体文章、热点讨论等各种形式的信息，将会在全网扩散开来，迅速成为全民关注的焦点。也就是说，在滨江在线的助力下，李更只凭一场直播，便完成了从默默无闻到火遍全网的跃迁。

当然，流量和曝光固然重要，但要评估一个"网红"的综合价值，并不仅仅看曝光的数量，更要看曝光的质量。每个人都有可能在人生的某个瞬间站在聚光灯下，收获万千目光，但只有极少数人，能在聚光灯熄灭后，依然站得住脚、留得下来。因此，比起一时的热度，更重要的，是热度之后的沉淀和构建。这才是李更坚持视频直播的真正原因。

用刘小龙的话来说，打开娱乐时代金库的那把钥匙，一共就十二个字：立 IP（即"个人品牌"）、树人设、讲故事、谈感情。现在回头来看，李更就像是拿着这份剧本，一字不差地，照着演完了整场戏。

语言表述逻辑清晰，情绪表达充满感染力，再加上那段相互救赎的故事与挺身而出的勇敢人设——表面上，李更是在为李悦发声、澄清事实真相；可不知不觉间，他也顺势树立起一个有故事、有担当的深情美男子形象。在这个看脸的时代，李更太清楚"好看"意味着什么了：不仅能吸引更多关注，更能在表达相同观点时收获更多信任。像叶攀这样眼光毒辣的老江湖尚且被这张漂亮脸庞所迷惑，更别说屏幕后那成千上万的普通人了。

不出意外的话，用不了多久，全网的讨论热度就会迅速转化为李更自媒体账号上的几十万甚至上百万粉丝；而这些粉丝，又将变成一沓一沓实实在在的人民币。靠着这场悲剧事件，李更完成了对公众注意力的收割，走完了从曝光到变现的整套流程。

互联网的飞速发展塑造了现代传媒工业惊人的运作效率。叶攀倒不是对这种效率本身有什么意见，可当一台传媒印钞机，是靠燃烧人命来启动的时候，那种情感上的冲击，足以让人从内心深处产生动摇。那一刻，叶攀突然觉得，媒体就像一个巨大的黑洞，吞噬人性，也吞噬人心。

"利用人命来博取关注，你不会良心不安吗？"叶攀在身后叫住了李更。

李更停下脚步，顿了顿，回过头来。原本忧郁的眼神中，多了一抹冰冷的锋芒："你不也是吗？"他的语气平静而坚定，像一个早已看破人心的猎人。

这句话，如一把锋利的匕首，精准地刺进了叶攀的心口。她张了张嘴，一个字也说不出来，只能呆呆地站在原地，目送李更的背影消失在冰冷的夜幕中。

18

审讯

"昨天早上,案发之前,你和李悦是否见过面?"梁关表情严肃,和昨天见到尤茜时相比,简直像换了一个人。尤茜坐在他对面,憔悴的脸在审讯室灯光下显得更加苍白,看上去虚弱得仿佛随时都会晕倒。但此刻,作为李悦坠楼案的主要嫌疑人,她的处境已经不再值得同情。

"说话。"梁关提高了声量。

尤茜慢慢抬起眼看了梁关一眼,半晌,终于开了口:"见过。"

"在哪里见的?说了什么?做了什么?"

"在楼梯间。我坐电梯下楼的时候,电梯在9楼开门,我看到李悦,就追了上去……我有话要跟她说。"

"你要跟她说什么?"

"我是去给李护士道歉的。前几天在病房里,我和李护士吵了一架……是我不对,所以想向她道个歉。"

"你们是为什么吵起来的?"

"那天,静静在打吊瓶,我一直看手机,没注意到她手上的针滚了,手肿了起来。是李护士进来才发现的,她就说了我,我一时气不过就……"

"她说了你什么?"

"她说我怎么当妈妈的,一点也不上心。我当时就生气了,说明明是她没扎好,是她们不负责任。然后我们就吵了几句。"

"那你是怎么道歉的?"

"我跟李护士说,让她别往心里去,那天是我不对。"

"她怎么回应?"

"她说没关系,她也有错,让我不要放在心上。"

"然后呢?还说了什么?"

"后来没说什么了。"

"真的吗?"梁关身体慢慢前倾了十几厘米,眼神直视着尤茜，语速压得很低，一股压迫感笼罩了整间审讯室，"尤茜，到底还说了什么？三分钟的时间，一句道歉怕是用不完吧？"

尤茜终于绷不住了，整个人像泄了气一样，眼泪夺眶而出，"我不是故意的，我真的不是故意的。"

"说了什么？"梁关紧追不舍。

"我问她，如果不治了，静静还能活多久？"

"为什么问李悦？为什么不去问医生？"

"我不知道，我心里真的好乱……魏强说他要卖了房子给静静治病，我真的不知道该怎么办了。静静的病已经把这个家拖垮了，我不想再拖下去，我真的撑不住了……"尤茜已泣不成声。

看着情绪崩溃的尤茜，梁关没有继续追问。这一瞬间，他想起了不久前的刘盼盼母亲。眼前的情形何其相似——孩子的病，把母亲逼进了生活的死角。可这世上，又有几人真正理解她们？就像一把刀插进心口，人们只看到了母爱的坚强外壳，却看不到从心底流出的血早已浸透了衣襟。等这些血渗出来、染上外衣时，或许生命也已走到了尽头。

等尤茜的情绪稍稍平复，梁关才重新开口："你问李悦，如果放弃治疗，静静还能活多久。然后呢？李悦怎么回应？"

"李悦当时就发火了，说我居然想放弃静静，还问我有没有人性，说我竟然希望自己的女儿去死，然后她就转身要走，我就……"

"你做了什么？"

"我脑子一片混乱，看她要走，我一下子慌了。她可能误会了我的意思，可我又解释不清，她根本不听。我就……下意识拉住了她的手，可她更生气了，转过身，一把甩开我，说我根本不配做母亲，还说要让所有人都知道。我一下就急了……"

"然后呢？"

"我……一着急就……一把把她推倒了，还骂她，说你一个'小三'有什么资格来评价我……"

"话一出口我就后悔了，我真的不该那么说，可当时整个人就像脱离了控制，我也不知道自己怎么会变成那样。"

"她什么反应?"

"李悦愣了一下,脸涨得通红,什么话都没说,站起来就跑着上楼去了。"

"那么,我们能否猜测后面的事情——李悦一怒之下,把静静推下了楼,而你,又把李悦推了下去。是不是这样?"梁关一字一句,缓缓抛出最关键的问题,双眼紧盯着尤茜。

尤茜猛地抬头,神情一震,仿佛终于意识到了什么。她拼命摇头,脸色惨白:"不是的,不是的,不是那样的,我没有杀人!我没有杀人!"

"我只是提出一种可能——你回到病房门口的时候,看到了李悦和静静。你突然意识到,刚才那番话可能让李悦怀恨在心,会对静静报复,于是赶紧跑了过去。可万万没想到,你刚踏上露台的瞬间,就看到李悦将静静推了下去。你一怒之下冲了过去,把李悦也推了下去,是这样吗?"梁关语气冷静、语速平稳,确保尤茜听清楚了每一个字。

"不是的，不是的……"尤茜慌了，连连否认，神经紧绷，哭声也骤然收起。

梁关将一个文件夹推到她面前，但没有打开，"我们在李悦的工牌上发现了你的指纹，在她指甲缝里也提取到了不属于她的皮肤组织。是你把她推下楼的时候留下的吧？如果我没猜错，你手臂上的抓痕，是她临死前留下的。"

他说着，指了指尤茜袖口边露出的抓痕，那些红色的划痕赫然在目。

"不是的，不是的……"尤茜下意识地拉了拉袖子，遮住了抓痕。她的思维开始混乱，被突然的证据攻势彻底击溃。她努力回忆，但巨大的压力和情绪崩塌让她什么也想不起来。

"你是透过静静病房门口那扇玻璃看到李悦和静静的，对吗？"

尤茜连连点头。

"可那块玻璃又窄又脏，还有污渍，你有 200 度近视，对吧？我有没有说错？"

尤茜顿了一下，犹豫片刻，还是点了点头。

"近视，视野又受限，还隔着污迹模糊的玻璃，那你是怎么一眼就认出，那就是李悦和静静的？"

"可是我真的看到李悦把静静推下去了……"尤茜的声音已经带着明显的颤抖，神情几近崩溃。

梁关紧接着问："那你有没有看清楚，李悦是怎么掉下去的？"

"我没有……没有看清楚……"

"有没有可能是你杀了李悦？"

此时的尤茜已说不出话，只是死命地摇着头。梁关从她面前收回了那个一直未曾打开的文件夹。尤茜的眼神空洞，毫无反应。

看样子，此刻是问不出更多了。梁关只得起身，走出审讯室，来到窗边，点上一支烟，深深吸了一口。

虽然在对尤茜的审讯中，梁关抛出了"李悦把静静推下楼，尤茜又将李悦推下楼"的猜测，但梁关清楚，这个猜测并不可靠。

从现在掌握的情况来看，在案发之前，李悦曾经和尤茜在 9 楼的楼梯间发生过对话，然后引发了冲突，并且有明显的肢体接触，这也应该直接导致了李悦之后的激动情绪，这和之前调查中李悦同事所讲述的李悦早上情绪状态一致。虽然之后静静和李悦在病房的争吵内容不得而知，但李悦和静静母亲的这次冲突，可以说是李悦产生报复心理的直接诱因。如果不是尤茜和李悦的这次争吵，可能也就不会让李悦暴走，从而报复到静静身上，导致静静坠楼，所以静静的死，有一部分责任是要算在尤茜头上的。当然，即使李悦的杀人动机已经相当充分，但在没有更直接证人和证据的情况下，还是不能百分之百得出李悦谋杀了静静的结论。

而"尤茜谋杀了李悦"的推论，也不能完全站住脚。李悦工牌上留下的尤茜指纹，以及李悦留在尤茜手臂上的抓痕，都无法证明是在露台上尤茜将李悦推下时留下的。而且，由于两人此前在楼梯间已经有过接触，这些指纹和抓痕也就有了其他可能来源，同时也削弱了它们作为谋杀证据的说服力。

再看尤茜的目击过程，虽然在审讯中梁关抛出了"近视""视野""距离"的疑点作为突破口,但经过多次实地演示后,如果对一个人足够熟悉,目击本身还是有可能成立的。

最开始,尤茜告诉警方,她不仅看到李悦将静静推下楼,还看到李悦自己跳了下去。但在这一次的审讯中,她在压力下承认,自己其实并没有看清李悦是怎么坠楼的。这一点也与实地模拟的结果相符——从病房门口跑向露台的过程中,由于角度变化、光线干扰,再加上玻璃过窄、表面有污渍,确实无法清楚看到露台边缘的情况。尤茜承认没看清李悦坠楼的过程,在技术上也是合理的。

虽然这一天下来又多了不少证据,但似乎让整个案件变得更加复杂。9楼新找到的目击证人已经证实了尤茜的供述,楼梯间发生的冲突也与目击者的证词一致。

表面看上去,梁关正一步步缩小真相的包围圈,可关键证据的缺乏,却让他在无限接近中心的同时,始终无法找到真正进入真相的切口。这种"又近又远"的撕裂感让梁关倍感无力。他凝望着窗外的黑夜,忍不住打了个寒战。已经连阴了一个月了,却还迟迟不下雨,梁关心里也像被乌云堆满了一样，找不到一个释放的出口。

"不会是要下雪吧？"

"滨江上次下雪还是10年前，今年应该不会吧。给，咖啡。"明明从办公室走出来，手中的纸杯冒着热气。

梁关熄了烟，接过明明递来的咖啡："给李悦开药的医生找到了吗？怎么说？"

"找到了，李悦是在另一家医院看的病。大夫说还有点印象，但不太深，毕竟每天病人太多了。查了病历之后，他说小姑娘可能最近遇到了一些事，心理压力比较大，有些焦虑，睡眠也不好，所以就给她开了一些助眠的药，并建议她多放松、注意自我调节。他说像李悦这样的女孩其实挺常见的，多数是感情上的问题，大多数人过一阵就缓过来了。"

"有没有提到她可能有抑郁症或其他精神方面的问题？"

"大夫说，李悦来看病的时候，肯定没有抑郁症。只是焦虑和失眠比较严重，精神状态差，但还算不上抑郁症。他还说，有些比她症状严重的都诊断不了抑郁，她就更不是了。至于其他精神疾病，应该也没有，如果有，大夫会注意到。但李悦去看病是快一个月前的事了，应该是在被孟医生的爱人闹过之后不久。所以也不能完全排除她后来有没有进一步恶化。"

"小马那边还没有消息吧？"

"还没有。"

"好吧。"梁关喝了一口热咖啡，伸了个懒腰，叮咚一声，他手机上弹出了一条新闻推送：

＃滨江在线＃ 神秘人现身，医院坠楼案是否会有重大反转？点击进入直播页面参与互动。

梁关眉头一皱，点开了链接。

19

走访

中午叶攀走后,陈福军和刘小龙一琢磨,就知道坠楼案有新消息了。

叶攀将这么大一个新闻拱手让给了竞争对手,这当然不是她的失误,弹簧已经压到最低,她只是在等一个合适的时机,反弹出最强的力量。虽然没能从叶攀口中挖出什么消息,但陈福军相信,反转很快就会出现。不出所料,他刚从茶室离开,前线蹲守的拍客就发来了消息:尤茜被警察带走了。

陈福军的大脑飞速运转着。尤茜是本案唯一的目击证人,也是静静的母亲,警方在第一天就已经对她进行了问询,今天又将她带走,警方肯定发现了一些证据,至少表明和尤茜的公开供述可能有不一致的地方。如果继续往深了想，会不会是尤茜和李悦之间发生了什么？或者说静静和李悦的死与尤茜有着直接的关系？不管是哪种情况，都说明尤茜本身是有问题的，毫无疑问，接下来的重点就在尤茜身上。

目前的舆论风向刚刚从人们对于"杀人犯李悦"的解剖转向对"道歉医院"的攻击，不管是媒体还是群众都还无暇顾及受害者一方，所以，局势对于陈福军来说是极为有利的。尤茜已经在公安局了，陈福军需要一个新的突破口，这时，他想起了一个人：魏强。

事不宜迟，陈福军查到地址后直奔魏强家。

"那个女人的事，和我没关系，我们只是普通朋友，其他的我都不了解，没什么好说的，你走吧。"

陈福军刚刚提到尤茜，还没表明自己的来意，就被魏强不客气地推出门。看来魏强也已经知道尤茜被警方带走的事，估计已经认清了形势，现在只想和她划清界限，免得自己被卷入进去。

昨天晚上带着人在医院门口闹事的时候，还上蹿下跳的,现在怎么就翻脸不认人了?陈福军心想,这家伙变脸也太快了,真是够圆滑的。

没办法,魏强这条线断了,只能寄希望于那几个小伙子对尤茜周边的调查。但案件最关键的一环依然缺失,像是一张拼图怎么都补不全。陈福军有些不甘心,一边琢磨着还有什么突破口,一边沿着楼梯往下走。

这是个有30多年房龄的老小区,住的大多是本地的老滨江人。小区门口有一条小路,两边分布着一些简陋却热闹的棋牌室。陈福军的目光从一家家门面扫过去,忽然停在了一个门口坐着两个嗑瓜子的中年妇女的老店面前。他眼神一亮,嘴角浮现出志在必得的笑意——真是天无绝人之路。

没费什么工夫,陈福军就顺着这两个中年妇女摸到了这一带的"八卦集散地"。

每个社区,尤其是这种人口密集、生活气息浓厚、中老年人居多的老小区,都会有几处"八卦集散地"。陈福军还在滨江传媒当记者的时候,就曾被老前辈带着跑过几次社区,才真正认识到这种堪称"市井江湖"的独特存在。各种关于街坊邻里的消息,都会在这里汇集,再由众人之口迅速扩散出去。

独立跑新闻的那几年,陈福军也常常泡在这种地方,从那些真假难辨的闲言碎语中,筛出可能具有新闻价值的蛛丝马迹。久而久之,他甚至有时会生出一种错觉:他就像个在街头巷尾中穿梭的特工,潜伏在人群中,暗中捕捉信息。这些中老年人的"嘴碎"与热情,看在外人眼里也许只是胡乱嚼舌,可在陈福军看来,这正是一种独特的生活方式,也是日渐稀缺的人情味与烟火气。

也正因如此,他总能在这里,得到他想要的东西。

"魏强啊,知道,你是来问他和那女的的事吧?"

陈福军刚起了个头,麻将桌上穿红外套的中年女人就接过了话茬,"我跟你说啊,我早就看出来了,那女的颧骨高、鼻子尖,克夫……东风。"她一边说着,一边把牌打了出去。

"克夫?"

"是啊,你知道那女的老公怎么死的吗?就是被她给克死的。"

"可别乱说，人家老公那是出车祸死的。"牌桌对面的抽烟的秃顶男嗤笑着反驳了一句。

红衣女人瞪了他一眼，接着说："你知道那男人怎么出的车祸吗？"

"怎么出的？"

"酒驾。他俩吵架，男人一郁闷就喝了点酒，结果一上车就出事了。这不是克夫是什么？还有那孩子得的怪病，还不都是她造的孽？"

"造孽不造孽不好说，不过魏强那小子是被她迷得不轻，听说还要卖了房子给她女儿看病。"秃顶男弹了弹烟灰，一本正经地补了一句。

"就他那小破房子，能值几个钱？他想卖，他妈也不答应啊。"红衣女人抓住机会打出一张牌，"杠！他傻，他妈可精着呢。当初他离婚，要不是他妈死撑着，他现在八成流落街头了。"

"魏强什么时候离的婚？为什么离的？"陈福军继续顺着话头探。

"我听说就是和这女的扯上关系，后来捂不住了才离的。"红衣女人压低了声音,"你想想,她跟老公为什么吵架?魏强为什么离婚?这事还用明说?"她说完,冲陈福军递了个意味深长的眼神。

"你是说,那女的和魏强都是出轨?"陈福军顺着她的话继续套。

"这可不是我说的啊。"红衣女人看上去对他的总结相当满意。

"别乱讲。我听说他们俩原来就是一个单位的,认识也正常。魏强离婚还不是他妈闹的?是个姑娘也受不了。"对桌的秃顶男不服气地插话。

"小妖精给你们施了什么法,把你们迷得五迷三道的?"

"魏强他妈要真那么厉害,还能同意他们搞对象?"陈福军把快要跑偏的话题又拉了回来。

"说得倒是,我也纳闷。魏强这小子犯傻也就算了,他妈怎么也被迷住了呢?不应该啊。"红衣女人停下手里的动作,皱了皱眉。

"还不是看上了人家的那几方院子?"一旁来给桌上

添茶的棋牌室老板插了句嘴。

陈福军眼睛一亮,立马追问:"院子?"

老板添好茶,把茶壶放在一边,拉了个小板凳凑到桌角,接着说道:"是啊,我听说那女的老家有地,有几方院子,就等着拆迁呢。你想啊,这一拆,没准几百万就进账了,换你你不乐意?魏老太太那人,精着呢。"

"这事靠谱吗?家里要拆迁,还到处张罗人捐款?"秃顶男吹了口热气,喝了一口茶,"那天群里不是老王转了个链接嘛?说是给孩子治病的。我还捐了20块钱呢。"

"这不还没拆迁呢!"红衣女人撇了撇嘴。

"不会是骗子吧?我看新闻说,现在这年头有些人家里有车有房,还出来卖惨骗捐款,被人揭穿了还死不认账。"红衣女人挑了挑眉,像是抓住了什么破绽。

"我看不像。真要是骗子,她也不至于傍魏强吧?总得挑个有钱的啊。"秃顶男笑了一声。

中年女人想了想,觉得也有理,刚亮起来的眼神又黯淡了半截。

"其实吧,那女的也不是不行。"一直没说话的戴眼镜阿姨这时开了口,"脸蛋身段都过得去,配魏强那样的……绰绰有余。"

她话锋一转:"就是孩子那病,是个事。我听说,根本治不好,孩子也受罪,就是个无底洞。咱们这些平头百姓,哪家能受得住这折腾啊?"

"我听魏老太太隔壁的老杨头说,老太太自己也发愁。孩子是可怜,可大人就好过了吗?"阿姨的话语低了下去。

"唉,说得也是,日子总得过下去。"另一个人叹了口气。

"你说,趁着俩人还年轻,再生一个健康的孩子,魏老太太也能抱上个亲孙子,这日子多踏实?可魏强偏要卖房子给人家孩子看病。他是好心,可魏老太太也不能眼睁睁看着儿子往火坑里跳啊。"红衣女人接着话茬,"老杨说,魏老太太拗不过儿子,没办法,前阵子就去医院了,还专门和那女的单独聊了聊。"

"啊?还有这事?聊了什么?"陈福军立即问。

"听说,魏老太太跟那女的挑明了:只要放弃孩子,她就同意两人在一起；要是不肯，那就算了，谁也别为难谁。"

"啊？真的假的？这话也能说出口？"陈福军一时没缓过来——无论如何，孩子是无辜的。

"小伙子，看你还年轻。有些事啊，不落在自己身上，当然不会觉得难。"红衣女人摇了摇头，"你要是魏老太太，你能怎么办？总不能眼睁睁看着儿子一步步往火坑里跳吧？"

陈福军张了张嘴，确实说不出反驳的话。

"谁都想当好人，可总得有人去当那个坏人。"戴眼镜阿姨轻声接了一句，"人心都是肉长的。你以为魏老太太愿意扮这个角色？她心里也难受啊。"

她这话一出，麻将桌上的人都默默点了点头。屋里烟雾缭绕，灯光昏黄，众人陷入沉默，仿佛正用这短暂的寂静，对抗生活的无奈与命运的冷酷。谁都不容易，可谁又真的有错？

良久，红衣女人轻声打破沉默："那孩子……现在怎么样了？"

陈福军望了她一眼,缓缓开口:"死了。"

一句话落下,整个屋子像是被按下了暂停键。牌桌上的人手都停在了半空,谁也没再开口。空气忽然沉重起来,像是无形的乌云落在了每个人肩上。

陈福军勉强笑了笑,朝几人点头致谢,转身走出棋牌室。

站在门口,他掏出一支烟,但风太大,打火机几次都没点着。北风裹着枯叶呼啸着刮过,树上的绿叶虽然未落,却早已没了生气,被沉沉的云压得奄奄一息。

他这趟确实得到了不少关于尤茜的消息,却一点也高兴不起来。那一瞬,他想起了自己。

中午在茶室,叶攀和刘小龙问起乐乐的病情时,他没有说实话。虽然下周北京的专家来会诊,但他早已从主治医生那里听说了实情:哪怕请来全世界最顶尖的医生联合做手术,成功率也不足百分之五。如果不动手术,肿瘤还会继续增长,随时都有生命危险。

过去这半年,夫妻俩跑遍了能跑的医院,问遍了能问的名医。从理性的角度看,孩子能活到现在,已经是奇迹。

在陈福军的内心深处，说实话，其实也开始动摇了。但这一点，他一点也不能让妻子和孩子察觉。每当难过袭来，他就把自己埋进工作里，不敢有片刻停下。仿佛一停下来，绝望就会如潮水般席卷而来，把他整个吞没在看不见尽头的黑暗海底。

眼镜阿姨那句话，就像一道电流猛然窜进他心里，让他猝不及防地理解了尤茜的处境——静静的病情比乐乐更复杂。当乐乐刚住进滨江三院时，静静已经在那里躺了近半年。他和妻子两个人相互扶持，压力都大得让人窒息；尤茜却是一个人，孤身承担这一切……陈福军无法想象她是怎么撑下来的。

意志可以坚强，可很多现实问题，并不是靠咬牙就能解决的。

自从乐乐四处求医，陈福军早已掏空了家底。若不是叶攀、刘小龙这些朋友帮衬，恐怕早就撑不下去了。除了孩子，还有四位老人需要赡养。他的拍客工作室看着风风火火，可是能真正撑起这一大家子的开销，谈何容易？几十万投进去，孩子吃尽了苦头，命却还悬着。想到这里，陈福军都恨自己，恨自己没本事，没能力挣更多的钱来给孩子一条活下去的路。

中午的时候，他婉拒了刘小龙再借钱的好意，不是碍于面子，而是他心里清楚，再借，就彻底还不起了。如果乐乐真的没能挺过来，那不仅愧对孩子，也愧对这些帮过他的朋友。人情债若还不上，那条路也就真的断了。

想到尤茜，更觉沉重。丈夫酒驾身亡，没能赔到一分钱；孩子病重，她一个人照料，根本无法去工作。这一年多来，她的生活基本就是靠着老本在撑，平日穿着也十分朴素。再好的家境，遇上这样的命运，早就被掏空了何况她家本就谈不上富裕。光是给静静治病的花销，相比他们家，只多不少。

所以站在魏老太太的立场上——虽然话说得狠，却不无道理。

太难了，真的太难了。

虽然他还不知道尤茜为什么被警方带走，但仅凭她坚强撑到现在这一点，陈福军心中就已对她充满了敬意。而那个曾想卖掉房子来给静静治病的魏强，此刻在他心里，似乎也没那么怯懦了。

只不过，有一点让他始终想不通——既然都坚持到这一步了，为什么偏偏在现在这个节骨眼上，魏强却急着与尤茜划清界限？难道尤茜牵扯进了更严重的事情？

一个可怕的念头突然在他脑海中闪过：难道是尤茜将静静和李悦推下了楼？

这个想法让陈福军自己都吓了一跳。他赶紧摇了摇头，试图将它甩出去。但从逻辑上讲，这种可能性又无法彻底排除。如果魏老太太真像他们说的那样，曾逼迫尤茜做出选择；如果魏强的执着让她进退维谷；再加上长期积压的精神压力，以及和李悦之间早已有的矛盾……一旦情绪失控，真有可能会——

不，不可能。

陈福军赶紧打消这个念头，无论如何，他都不愿相信尤茜会是那个推人下楼的凶手。

他把这些从棋牌室打听来的信息，重新梳理了一遍，发给了可靠的渠道，请人想办法进一步核实尤茜和魏强的背景与资料。

很快,回复传来——资料显示,尤茜的父母在滨江大桥附近开了一家早餐铺。他手下的拍客们其实早已去过一趟,但不知为何,陈福军仍想亲自再去一趟。

"小伙子,里边坐,吃点什么?"

陈福军走进这家只能勉强挤下三张小桌的简陋小店,坐下。老两口围着围裙,双眼布满血丝,手却始终没停下。大概也只有不停地忙碌,才能暂时把心头的痛苦压下去。

小店虽小,却收拾得干净有序。墙上的菜单一层一层贴满了字,从最初的早餐、包子豆浆,到如今能应付米粉、盖饭、馄饨面,几十种品类,几乎撑起了一日三餐的所有需求。陈福军不难想象,两位老人是怎样在一天天的生活中,为了静静、为了这个家,把这片小天地撑了起来。

老爷子瘦得脱相,身子佝偻得更严重了;老阿姨的手指关节粗大,皮肤皲裂,像极了陈福军记忆中远在老家的母亲。

热气腾腾的大碗馄饨端上来，香气四溢。现在不是饭点，店里只有陈福军一个客人。两位老人也暂时停下手上的活，并排坐在门口，望着不远处乌云低垂的大桥出神。也许是又想起了那个已经去了天堂的孙女，老阿姨悄悄抹了一把眼泪。老爷子转过头看了她一眼，伸手轻轻握住她那只沾着泪的手。

陈福军看着两位老人佝偻的背影，眼泪早已涌出眼眶。他大口吞着滚烫的馄饨，把眼泪藏在这份冬日的热气里，混着汤水咽下肚子——仿佛是一剂临时救命的灵药，瞬间缓解了心底那份难以言说的哀伤。

离开的时候，陈福军本想说点什么，可话到嘴边又咽了回去。他想起秦丽和乐乐，就朝老爷子笑着说："再帮我打包两碗馄饨，带回去。"

老爷子似乎看出了他眼睛的红肿，轻声问道："是带给病人的？"

"是的，您怎么知道？"

"医院就在这附近。我这馄饨带回去也能吃，好多人带回去吃。我那孙女……也在那边住院……"老爷子说到这,声音顿了顿,眉眼轻轻一垂,"她最爱吃我做的馄饨……"

他很快稳了稳情绪,又笑了笑:"小伙子,没什么事是过不去的。咬咬牙,咬咬牙就过去了。"

陈福军从老爷子手中接过馄饨,眼眶湿润,点了点头,点得用力而坚定。

20

换位思考

梁关回到家的时候，客厅漆黑一片，叶攀正怔怔地坐在沙发上，身子几乎融进了黑暗里。他扫了一眼衣架，看见了多多的小羽绒服，压低声音问了一句："多多睡了？"

"嗯，睡了。"叶攀轻声回答。

梁关换了拖鞋，借着窗外微弱的灯光，蹑手蹑脚地走到沙发边，坐在了她身旁。

两人就这样默默地并肩坐着，谁也没说话。身体的疲惫在黑暗中慢慢卸下，精神的压抑却始终缠绕不去。梁关感觉到叶攀有话想说，却始终没有开口。他没有催，只是默默地陪着她。他知道，叶攀此刻需要的就是这种静静的陪伴。

其实，他也一样。

"医院坠楼案，有结果了吗？"叶攀终于开口了。

梁关皱了皱眉，摇了摇头："还没有。"

"静静的妈妈……是凶手吗？"

"你知道，我不能说这个。"梁关轻声回答。他明白叶攀为什么这么问——看过直播后，公众的怀疑自然开始指向尤茜。虽然调查还没有结束，但就目前的情况看，尤茜确实存在不少可疑之处。

叶攀转头望着他，眼神在黑暗中显得格外清晰。她知道他不会透露案情，没有再追问，只是又将目光投向窗外的夜色，声音平静却沉得让人发紧：

"刘盼盼的妈妈，是怎么杀死刘盼盼的？"

这个问题让梁关明显愣了一下。他转头看了叶攀一眼，沉默了片刻，才缓缓开口：

"你……真的想知道？"

叶攀没有犹豫，坚定地点了点头。

梁关做了个深呼吸，和叶攀看向同一个方向，"是在滨大附属三院的诊疗室中，大概半夜两点的时候。因为病房里都是病人，不好下手，曾琴就找了一个没人的地方，她盯了好几天，每天这个点，这层楼的诊疗室都没有人，她把刘盼盼抱进诊疗室中，放在做治疗的病床上，刘盼盼看起来睡得很香。曾琴看了看门外，确认没有人走动，然后拿起枕头，一下子就闷在了刘盼盼的头上，就像是电影里经常演的那样。她咬着牙，全身的力气都压在了手上，刘盼盼醒了，小手四处乱抓，拍打曾琴的胳膊，曾琴不为所动，仍然紧紧地压着枕头。可刘盼盼这孩子的生命力特别顽强，一两分钟过去了，小手小脚还在挣扎。曾琴慌了，她把枕头拿起来看了一眼，小姑娘小脸憋得通红，口水和眼泪糊了一脸，哭声和咳嗽一块冒出来，曾琴更慌了，赶紧又把枕头压了回去。可能是老天的意思吧，孩子就是不肯死，又过了一两分钟，刘盼盼还在勉强挣扎，虽然几乎没有了声音。曾琴又一次掀开枕头，小姑娘的脸已经压得变形了，发青发紫，看着挺吓人。也许是那一刻突然心软了，曾琴愣住了，站在那里不知道该怎么办，孩子喘上气了，又开始哭，眼泪也流出来了。曾琴擦了擦自己的眼泪，又擦了擦刘盼盼的，她笑了一下，眼神也柔了，低头看着孩子的样子看了好一会儿，突然，她又拿起了枕头，再一次狠狠地压了下去。这一次，她没有松手，直到刘盼盼完全不动了，也没有再松手。"

梁关的语气就像是在讲述一个再平常不过的故事，不带感情，语气平缓，没有哪怕一丁点的波动。

"你知道最残忍的地方是什么吗？"梁关身体前倾，转向叶攀，没等她回答，继续说道："医院的枕头不是电影里那种软绵绵的羽毛枕，而是偏硬的合成材质，我们也试过，闷上去其实不能完全隔绝空气，这也是那个小女孩能撑那么久的原因。后来尸检时发现，鼻骨已经变了形。确切地说，刘盼盼不是被闷死的，而是被活活压死的。"

梁关深深地呼了一口气，又将后背靠回到沙发上，"曾琴杀死刘盼盼的全过程，都被诊疗室新装的监控拍了下来。而这个监控，本来是'闭针疗法'被曝光后，医院为了防止有人用手机偷拍才临时加装的。"

叶攀沉默地攥紧双手，梁关能感觉到她的身体在微微发抖。当时人们得知刘盼盼是被母亲亲手杀死的时候，叶攀心中更多的是愤怒，是对母性泯灭、人性沦丧的震惊。

可当她听完梁关对曾琴残忍杀人过程细致入微的描述之后，心中却多了一些说不清道不明的东西。是什么样的力量，能支撑一个母亲狠下心来杀死自己的亲生女儿？以前叶攀从不愿思考这个问题，甚至不屑思考——这毫无疑问是一个内心极端扭曲的魔鬼才能释放出的恶意。

可如果，她是因为爱呢？

叶攀终于在脑海中向自己问出了这个问题。一个人是否会怀着最好的信念，去做出最坏的事情？叶攀没有答案，可在这一刻，她不再逃避。她也终于能理解梁关为何会对曾琴抱有同情。

"如果是你呢？你会怎么办？"叶攀问梁关。

"我不知道，我不敢想。"梁关眼神落寞。

叶攀没有再问什么，她轻轻地靠在梁关的肩膀上，把他的手揽进自己掌心，紧紧地握住。厚实的掌心传来的温度，让她格外安心。

看完直播采访，秦丽正忙着帮护士给乐乐换药，陈福军还在不停地翻看着对这次事件的各种评论。

"哎，老公，这两天跑来跑去的，累坏了吧？我看着乐乐就行,你回去好好睡一觉,看你那眼睛,肿得跟灯泡似的。"秦丽忙完就转过身来,把手放在陈福军的肩膀上,熟练地按了起来。

"晚上还是我来守着吧,你都好几天没回家了,赶紧回去洗个澡,这身上都臭了。"陈福军说着故意把头侧了侧,夸张地皱起了鼻子。

"还能有你臭?"秦丽手上用力地按了一把。

"老婆轻点,我错了我错了。"陈福军赶紧求饶,"我臭我臭,您最香了,全天下最香。"说完转头呵呵地傻笑起来。

"少来。"秦丽白了他一眼,双手继续在他肩膀上来回地揉着,"老公,静静那事咋样了?"

陈福军放下手机,脸色一沉:"唉,这事好像挺复杂的,静静她妈让警方带走了。"

"啊?真的?为什么啊?"

"你也看到了,现在有人站出来给李悦说话,静静妈是唯一的目击证人,可能也是最大的嫌疑人。"

"不会吧?你是说,人是静静妈推下去的?"秦丽停下了手上的动作，睁大眼睛，压低了声音。

"不好说。"陈福军抿着嘴，摇了摇头，"哎，老婆，你们平时接触多，你觉得静静妈能干出这种事吗？"

秦丽拍了一下陈福军的背："怎么可能！反正我是信不过这说法。静静妈虽然平时看着冷了点，但性子柔，真做不出那种事。"

"可不是说之前她和李悦有点矛盾吗？有没有可能……"

"谁还没点脾气啊？又不是什么过不去的事。"

"可直播里那小伙不是说……"

"他说你就信啊？亏你还做新闻的。那小伙子把李护士都快说成圣母了。你回头想想，她要是真那么好，之前怎么没人替她说话？搞得好像全世界都是坏人，就她一个好人似的。再说了，我还记得呢，上次就是这个护士给乐乐扎针没扎好，还怪我来着。我脾气好才没跟她计较。"

"还有这事呢？"

"那可不，你以为跟这些护士打交道容易啊？话都得小心着说，一句说重了，万一得罪了，没准就记在心里，把气撒到病人身上。人啊，复杂着呢。尤其是这些年纪轻轻的姑娘，没轻没重的，脾气一上来，还真说不准会做出啥事呢。"

"那这么说，你还是觉得静静是李悦推下去的？那李悦呢？"

陈福军这么一问，秦丽突然不知道怎么答了，"反正……我觉得静静妈不会。"

"那如果是咱们乐乐呢？如果李护士把咱乐乐推下去了，你正好看见了，你怎么办？"

秦丽愣了一下，"呸呸呸，乌鸦嘴，别乱说。"几秒钟后，她冷静了些，皱着眉凑近陈福军，"要是这事真让我碰上了……那我没准还真得拼命。"秦丽说完，回头看了一眼病床上的乐乐，又望向陈福军，"我一定会拼命的。"

"嗯……"陈福军也回头看了乐乐一眼，陷入了沉思。

从目前掌握的所有信息来看，的确对尤茜不利。李更在直播中爆出的内容，陈福军觉得，大部分应该是真的。

现在再回想起昨天采访中得知的关于李悦周围的那些事，如果不是尤茜当初公开指认李悦推了静静，那每一件单独拿出来，其实也只是普通年轻人可能经历的事。但这些事被捆绑在"杀人犯"这个标签上，就让人看起来格外刺目、格外不正常。

可眼下的局面已经发生了彻底的反转。李更用一种非同寻常的方式，把那些原本可以支持李悦杀人动机的行为，一一拆解、正面解读。虽然都不构成直接证据，但在引导舆论方向上，已经足够了。如果人们开始相信李悦不是杀人犯，那首先被"打脸"的，就是尤茜。由她引起的那股舆论浪潮，此刻正在反噬她自己。而在这个节骨眼上，警方又将尤茜带走，加上李更的讲述中隐约将矛头指向尤茜，这些碎片拼在一起，人们只需稍加想象，就能构建出一个"尤茜才是凶手"的完整故事。

昨天发生在李悦身上的事，今天又将在尤茜身上重演。显然，在当前这种局势下，陈福军今天从魏强周边打听到的信息，对尤茜是极为不利的。

尤茜，真的是凶手吗？

陈福军犹豫了，他似乎从来没有像现在这样渴望过真相。也许是作为病人家属的感同身受，也许是今天尤茜父母带给他的触动，在内心深处，他强烈地希望尤茜不是杀人凶手。他不想再揣测，不想再讲故事，而是迫切地想要靠铁一般的事实来证明一切。做了这么多年新闻，直到此刻，他才意识到，自己有多么需要真相来给自己力量——而这种力量，是任何动人的故事都无法替代的。

他拿出手机，翻看着今天整理的所有资料，不再猜测，也不再加工，只是静静地等待真相降临。他拒绝了多家媒体开出的高额报价，最后看了一眼满满当当的资料，嘴角掠过轻松的笑意，然后毫不犹豫地点击"删除"。

此时的刘小龙正站在顶层豪华公寓的巨大落地窗前，俯瞰着滨江的夜景。身后的屏幕还停留在网络直播的页面上，观众久久不愿散去，密密麻麻的弹幕遮住了整块屏幕。刘小龙记得，两个多月前，他在新媒体培训班里第一次见到李更，那时候的李更还是个带着青涩气质的大男孩，人一多，话都说不利索。没想到如今，已经能如此从容地面对成千上万双盯着他的眼睛了。

李更有悟性，也肯吃苦。因为经历过生意的失败，也见过人情冷暖，所以在他重新爬出低谷的路上，对每一个机会都格外珍惜。培训时，只有他一个人将所有课程内容一字不落地记了下来。刘小龙一期一期地办着培训班，把自己对新媒体营销、IP运营，以及对人性的剖析倾囊相授。他从不担心这些学员会学走他的东西成为竞争对手。因为没有深刻的体悟，仅靠碎片化的技巧，是很难真正吸收的。不管在哪一行，都是如此。这么久了，也从未有哪个学员真正做出成绩。

现在的年轻人，都太着急了。

每个人都想着如何迎合读者的口味，直击人性的弱点，希望只要套上一套万能的写作公式，就能轻松写出无数篇十万阅读量的文章。他们以为，掌握了技巧，就能弯道超车，走上一条通往成功的捷径。

可成功从来都是个小概率事件。悲哀的是，大多数人用着大概率的方法，却幻想着能挤进那个小概率的区间。刘小龙在这个行当里见过太多这样的人——他们迷失在一组组精心计算的数据中，自以为掌握了时代的炼金术，却从未想过一个最根本的问题：金子，为什么是金子？

李更不一样。在别人把所有功夫都用在技巧上的时候，他却放弃了所有套路，从零开始思考：营销的本质是什么？内容的核心又是什么？这让刘小龙想起了当年自己从滨江传媒辞职，一无所有、从零开始的那段时光。他从来不认为自己是一个合格的新闻人，他一直知道，自己骨子里其实是个商人——只是别人贩卖货物，而他贩卖情绪。但他又不同于那些靠贩卖焦虑和恐慌博取关注的小丑，他始终保留着自己的坚持。

就像传统商品社会里的诚实商人，在谋利的同时也为社会做出贡献，在为自己争取利润的同时也赢得了消费者的尊重。做一个对社会有益、被人尊重的情绪商人——这是刘小龙内心深处的理想。

有句话说得好：产品才是最好的广告。过硬的内容，是任何技巧都无法取代的核心。这不是投机，不是迎合，更不是一锤子买卖，而是一项需要长期经营的生意。

显然，李更不仅学到了刘小龙的精髓，而且把它发挥到了一个连刘小龙都望尘莫及的高度。

刘小龙的产品，是他的文章；而李更的产品，是他自己。

只是现在的局面，就像是站在别人的角度重新看见了曾经的自己，心里难免有些奇怪。刘小龙不自觉地回想起自己这些年，靠着别人眼中的"野路子"一路走到今天——他是否真的问心无愧？他在别人眼里，是否还守得住那个"自己"？

站在如今这个拥有话语权的位置上，其实已经很久没有人能真诚地评价他了。他不知道，如今的自己是不是已经变成了一个铁石心肠的人？他曾经打动人的武器，现在还存在吗？那些最能打动人的东西，现在还打动得了别人吗？

还记得培训结束的时候，李更曾问他：最能打动人的，是什么？

刘小龙想了想，只回了他两个字：真诚。

镜头前的李更，无疑做到了这两个字。他靠着这份真诚，成功地把自己推销给了所有人。以刘小龙对叶攀的了解，她大概率会对这种做法嗤之以鼻，但他也知道，叶攀不过是对"理想中的正义"多了一些控制欲。等她亲历过这一切之后,她就会学会把这份真诚,从良心不安的焦灼中提炼出来,注入她的理想之中,最终,成为她最锋利的武器。

夜渐渐深了,刘小龙擦了擦玻璃上的雾气。透过水雾望出去,滨江就像一条闪着金光的睡着的鱼,永远那么惬意。

21

网络暴力

经过一整晚的蓄力,第二天一早,医院坠楼案就制造了 5 条热搜。

3.医院坠楼案反转,受害者母亲或成最大嫌疑人
6.为李更先生加油
8.李更李悦连麦录音曝光
9.躲过了死神,却躲不过你
13.渣男孟医生信息曝光

网络直播带来的效应远超叶攀的预期。上一次有社会事件在微博同时制造多个热搜,还是"重庆公交车坠江事

件"。这样的热度对整个滨江传媒来说，堪称空前。此刻的叶攀却高兴不起来。

警方的调查结果尚未公布，舆论的风向却已经从一个极端滑向另一个极端。叶攀虽然对"李悦不是凶手"这件事充满信心，但对"尤茜是不是杀了人"，她心里却没有底。

舆论就像一块巨石，叶攀拼尽全力把它从砸死李悦的谷底推向山顶，却不敢再用一丝力气。因为她知道，一旦失衡，这块巨石随时可能滚落，碾碎她所有的努力。

她能控制自己的双手，却无法控制山顶那最细微的风。而这风，终究还是来了。

陈福军删除了关于尤茜的全部内容，但他也清楚，这些信息早晚都会被曝光。在广大网友的火眼金睛下，世上没有不透风的墙。即使尤茜还在公安局接受调查，网络上的"福尔摩斯们"早已自发合成了全部剧情。

一篇题为《医院坠楼案全梳理》的文章开始疯传，阅读量极高，热度持续飙升。文章绘声绘色地回顾了案件从最初到如今的每一个节点，不仅将媒体与网络上所有已知线索进行了系统性整合，还披露了大量从未出现在报道中的细节。

其中，就包括警方内部才掌握的内容——尤茜与李悦在楼梯间的肢体冲突、李悦工牌上的指纹、尤茜手臂上的伤口等。连梁关看到这篇文章时都大为恼火，作为办案核心人员，他一时竟也不知这些信息究竟是如何泄露出去的。

叶攀试图通过渠道确认内容的真实性，得到的答复虽然隐晦，却等于默认。尽管文章的语气充满新媒体特有的煽情和起伏，但就内容本身而言，逻辑严谨、叙述扎实，极具说服力。

另一篇名为《恶魔天台，岔口人生》的文章则换了个思路，从人的角度入手，以一种近年来流行的非虚构写作的风格梳理了三个当事人在天台相遇前各自的人生，用主观视角进入不同的角色，制造了一种极为强烈的代入感。文中关于李悦的内容并不让人意外，李更重新定义了李悦，文章也只是在李更定好的基调上拓展而已，总结的段落让叶攀印象深刻："李悦吸收了所有的恶，却把善留给了李更。不要怕,你没有错,是这个世界错了。放心地去吧,天堂不会再有孟医生。"

但讲到尤茜时,文章的态度却不再明晰,反而变得耐人寻味。它像是在试图剖开一个中年女人复杂多面的内心,又仿佛在编织一出关于因果循环的悲剧命题。文字在同情与控诉之间摇摆,既像是在哀悼一次抗争的失败,也似是在描摹一种无解的命运,以一场难以想象的罪恶,追溯她前半生步步错位的生活轨迹。

尤茜在工作单位与魏强相识相恋,后来却选择嫁给条件更好的杨泽俊。杨泽俊辛辛苦苦挣钱养家,为女儿治病,不承想,枕边人却将婚姻中的烦恼和情感困扰倾诉给了另一个男人。杨泽俊有苦难言,最终和尤茜发生了争吵,摔门而去,可谁也没想到,那一走竟成了永别。

家中顶梁柱骤然倒塌,尤茜才真正体会到了生活的沉重。

上有四位老人需要赡养,下有久病缠身的女儿需要照顾,扛起生活的重担已经够难了,更难的是心中那笔永远还不清的命债。

她渴望依靠，却不能真的去依靠。如果接受了魏强的好意，她既对不起魏强的付出，也愧对杨泽俊的在天之灵。

面对魏强一次次的靠近与善意和请求，她陷入了深深的两难。也许在某个情绪最脆弱的时刻，她也动过放下一切重新来过的念头。可只要目光落在病床上静静的脸上，她就清楚地知道，不是所有人都能选择从头开始。

她恨自己，也恨命运的不公。她仿佛陷入了黑暗的沼泽，越挣扎，越下沉，随时都可能窒息。

就在这个时候，魏强的母亲向她伸出了那根恶魔的橄榄枝。

有死才有生，有舍才能得。

这句话仿佛照进了她内心深处那个被压抑但始终没有熄灭的声音。那根橄榄枝，如同一道出口——只要抓住它，也许，就能获得所谓的"重生"。

而静静，这个故事中最无辜的人，却承载了整篇文章最沉重的情绪。这个乐观又坚强的小女孩，仿佛生来就是为了衬托这个世界的罪恶与荒诞。她在视频中那灿烂纯真的笑容，看得人心中发酸，笑得有多明亮，读者的心就有多痛。

文章的最后一句话，毫不留情地将所有情绪推向了巅峰："躲得过死神，却躲不过你！"

这句话实在太妙了，将静静的死亡巧妙地将李悦与尤茜悄然牵连起来，更渲染出一个美好生命被命运与恶意吞噬的悲凉。正是因为它如此精准地击中了公众最柔软的情绪神经，才在短时间内迅速扩散，成为人尽皆知的金句，冲上热搜也就毫不令人意外了。

如果说这两篇文章是由专业高手精心炮制的"精确制导炸弹"，精准炸开了舆论的裂口，那么从这裂口蜂拥而入的普通人，就不可能再像文章那样克制与严谨了。

尤茜被警方带走的消息一经曝光，关于她的各种信息便被扒了个底朝天——从出生医院到工作单位，从生辰八字到淘宝账号，无所遁形。所谓"高手在民间"，人们总能用你想得到和想不到的手段，由点及面地挖出一切你想知道的内容。当这股风暴真正刮起来的时候，人们早已不再在意"隐私"两个字。即便还有那么一小部分人在理智地提醒"不要网暴"，可在滚滚洪流中，这点理性就像是江面上的一片树叶，根本无法抵挡冲破堤坝的洪水。

更何况，在集体意识中，尤茜已经被认定为"杀人凶手"——而杀人凶手，在人们眼中，自然是没有资格拥有隐私的。

石头的平衡已经被打破，如今，它正朝着另一个深渊失控地滚落。

随着舆论的发酵，显然现有的信息已经无法满足人们愈发贪婪的猎奇欲望。各种谣言和假消息夹杂着营销炒作和恶意攻击，开始大规模浮出水面。其中一些，是在现有线索的基础上稍加"想象"编造出来的。

你们都被骗了，尤茜家里拆迁得了几百万，还在朋友圈卖惨求捐款……

静静其实是魏强和尤茜的女儿，老杨头上一片草原，死得太亏了……

这是现实版的《家有恶妻》啊,克夫杀女,骗钱骗感情……

尤茜杀女骗保,早就有预谋,碰瓷栽赃无辜护士,心狠手辣太可怕……

其他更多的谣言,虽然也是不负责任地瞎编,但相比上面这些真假参半的谣言,纯粹就是毫无智商可言的胡说八道。

老公下岗、女儿病危,她竟然在外偷情……

前脚卖惨求捐款,后脚开着豪车进别墅,被拆穿后还想抵赖,警察:还治不了你?

女人上新闻卖惨惹人心疼,知道真相后,网友都怒了……

显然,这类"都市奇谈"式内容几乎都是批量生产的。内容本身与坠楼事件毫无关系,只需搭配几张照片、截图,就能在视觉上"嫁接"出关联感,从而借题发挥、趁机掀起更高的热度。这类内容像牛皮癣一样顽固地挤满了各大平台，靠着猎奇标题和毫无底线的谣言吸引流量，以点击一次几分钱广告费的微薄收益，养活着一整条庞大而低劣的产业链。

对叶攀这样受过良好教育、审美优良的专业人士来说，这些低级谣言压根不值一看，更遑论相信。但在庞大的普通网民群体中，这些粗制滥造的"垃圾内容"却拥有稳定且庞大的市场——不是所有人都能消化得了、欣赏得了真正优质的叙事和信息。有的读者看着消遣，有的把它当成真实新闻，还有的借机发泄情绪。而只要有人信、有人点、有人骂，它就有市场。就这么简单。

所以，也就不难理解，为什么总会有各种谣言肆意横飞，说白了，都是生意。等到中午过后，各类自媒体更是迅速跟上节奏。昨天还齐刷刷地将李悦钉在舆论耻辱柱上的媒体号，今天又换上了另一张面孔，用五花八门的姿势蹭上这场"反转盛宴"。

《你永远不知道，你最亲的人会在什么时候杀死你》

《说谎的母亲到底有多可怕？救不活你，我就杀死你》

《医院坠楼案反转：一个母亲要有多狠心，才能杀死亲生女儿？》

《每个人身后都有一个默默爱你的人，也有一个默默杀死你的人》

《一个女人的谎言被拆穿，才知道不是所有女人都配作母亲》

《出轨害死老公就算了，还和情人谋害亲女，真是禽兽不如》

《医院坠楼案反转：害死老公、杀死女儿、诬陷好人，出轨的女人有多恐怖？》

《自私的女人到底有多可怕，竟然连女儿都敢杀》

《敲诈医院、碰瓷医生、诬陷护士：你根本不知道有些病患家属有多可怕》

这急转弯的吃相着实难看，但人们终究是健忘的，而今天，又是新的一天。

况且，这场舆论误判的根源，其实也并不在那些哼哧哼哧追热点的自媒体身上。追根溯源，是那家本该最值得信赖的主流媒体——《新滨报》带起了节奏。你说是发泄怨气也好，是"看谁摔倒就踩谁"也罢，这口大锅《新滨报》接也得接，不接也得接。虽然他们只是"指了个方向"，真正"铺路"的，是网民那心领神会的脚步。大部队浩浩荡荡地走了一半却突然发现走错了方向，自然就没有理由不痛砸这个"坑人"的指南针。

就像当年廖建国和刘小龙那桩"女司机新闻"事件，这次怕是也够《新滨报》喝一壶的。尽管他们已经在第一时间发出了道歉声明，可"道德卫士们"显然不会放过这样一次"按住命门踩死"的机会，把《新滨报》从里到外踩了个透心凉。而被他们抡起的大锤，自然也砸向了媒体行业的"标杆"——滨江传媒。叶攀看着同行的遭遇，心中竟生出几分同情：就这次事件来看，《新滨报》被如何处决都不为过，但说到底，大家都是媒体人，今天他们的困局，很可能就是自己明天的处境。

更可怕的是，假如案情再度反转，舆论的大锤恐怕就会以现在数十倍的力量朝她砸下来。看着评论区那些让人头皮发麻的留言,叶攀甚至开始怀疑自己能不能扛得住。

当然,广大的人民群众可不会因为"指南针"踩得够狠,就忘记了真正的"故事主人公"。尤茜那个已经多年未更新的微博账户,竟也被翻了出来,神通广大的网民排山倒海而来,高举"正义"与"道德"的大旗,用最下流、最恶毒的语言在这片空旷的社交媒体战场炸出魔幻般的"彩虹"。而这些"正义使者"——很可能昨天还用同样的方式把李悦骂了个体无完肤。

评论内容令人不忍卒读,叶攀看了几行便感到恶心作呕。她匆匆退出页面,却知道,这还只是微博,真正的主战场在抖音,那里的惨烈程度更不堪入目。

对尤茜的诅咒和谩骂如潮水般袭来;试图维持秩序的人开始被群嘲、互骂,甚至有不少纯粹是来凑热闹的围观者。原本还在为静静默哀、表达关切的评论,渐渐被新一轮舆论泥沙覆盖。不明真相的吃瓜群众越聚越多,甚至连到底是在骂静静还是骂尤茜都分不清了。再到后来,这片舆论场干脆变成了不同立场的相互攻击。

抖音的算法和推荐机制注定让这场网络暴力一发不可收。评论和点赞越多，视频就会被推荐给越多的人，越来越多原本无关的人莫名其妙地被卷入这场舆论旋涡。互联网有一种令人上瘾的毒性，仿佛每个坐在屏幕背后的人都进入了一片奇异的乌托邦，人人都能站上道德的制高点，摘下面具，露出獠牙，朝着选定的猎物扑去。

看着这些评论，叶攀心里极不好受——这已经不只是网络暴力，而是变相的公开凌迟。静静尸骨未寒，人们却在她的尸体上跳起了讽刺而无知的舞蹈，这才是最可悲的现实。

而与尤茜的万劫不复相对的，是李悦的"涅槃重生"。从曾经的全民喊打到如今的全民哀悼，一夜间李悦几乎"封神"，甚至连"李悦后援会"这样半讽刺半认真的网络组织也接连冒出。人们排着队在评论区点蜡、合掌祈福，这些人一边热泪盈眶地献爱心，一边又毫不犹豫地对另一方发起最致命的攻击："地狱空荡荡，恶魔在人间。"要是但丁泉下有知，恐怕也会对这句被篡改得面目全非的句子感到悔意。叶攀翻着这些哭笑不得的"追悼词",一时间不知该感慨舆论的失控,还是人性的荒唐。

让叶攀略感欣慰的是,人们并未遗忘那位"渣男医生"——孟医生。随着他的信息全面曝光,他的照片也被做各种表情包,在社交平台上四处流传;甚至有人在医院门口认出了他,开车逃跑时被扔了一车残羹冷炙,连视频都被做成可笑的样子,广为传播,堪称名副其实的"渣"男。

医院迅速宣布停职处理,或许不是为了声誉,而是为了保命——毕竟,要不是孟医生跑得快、躲得早,恐怕早就被"正义群众"捶进了热搜底层。虽然这些做法叶攀也不完全认同,但她还是忍不住在心里升起了一丝说不出的过瘾。

不仅是孟医生,当初陈福军采访过的几个爆料人也被网民顺藤摸瓜地挖了出来,尤其是那个八卦消息无所不知的胖护士,被网民当作孟医生的帮凶,遭到了围剿。好在这些人对舆论的敏锐度还算不低,第一时间请假避风头。胖护士本来试图翻盘,声泪俱下地录了一段视频,想借站在李悦一边的立场来挽回点颜面。可惜网民根本不买账,这段视频反而成了人们集中发泄的新靶子。她一看局势不对，赶紧删除了视频，灰头土脸地销声匿迹了。

当无关的人群在互联网上踩来踩去时，真正的主角李更却出奇地沉默。被他打动的人一波又一波地涌入其社交账号，粉丝数量像坐了火箭一样飞涨。按理说，这时候正是趁热打铁、乘胜追击的最佳时机，露个面、刷点互动、顺势引导粉丝情绪，就能把这波流量红利吃得干干净净。但除了之前发布的几段关于李悦的录音，李更没有更新内容，也没有任何公开动作。叶攀一时间有些看不懂了。

以他对新媒体平台的精准布局和内容节奏来看，显然背后有专业团队操盘。眼下却选择偃旗息鼓、放弃流量接力，无论从公关角度还是传播路径来看，都说不通。

难道李更真的只是想为李悦正名？会有这样纯粹的人吗？叶攀忍不住心生疑虑。但即便他是借机炒作，也确实把李悦从那段令人窒息的沉冤中拉了出来。不管从哪个角度看，这都不是一件坏事。李悦泉下有知，恐怕也不会太在意。叶攀又回想起昨晚和李更之间的那场对话，也许，这原本就不是一场非黑即白的博弈。

她突然想起前几天看到的一条社会新闻：一男子捡到一个钱包，归还失主时提出收取钱包中金额15%的酬谢，却被网民骂得狗血淋头。实际上，那个钱包里只有100块钱。

虽然结果相同，但人们的关注点似乎从来不在事情本身，而在于事件中当事人的"态度"呈现。自从以视觉表达为核心的现代传媒发展以来，社会对价值判断的方式早已被悄然重塑。在这个娱乐至上的时代，人变得前所未有地复杂，也前所未有地简单。

也许，真的是自己以小人之心度君子之腹了？叶攀又看了一眼定格在屏幕上，眼神依旧忧郁的李更，自嘲地轻轻摇了摇头。

22

恶母

"哎,老公,你看。"秦丽捅了捅正蹲在病床边给乐乐削苹果的陈福军,把手机递到他眼前,"所有的群里都有,传疯了,你快看看。"

"什么呀?"陈福军擦了擦手,把苹果递给秦丽,接过了手机。

他点开微信群里那篇名为《她杀死了自己亲生女儿》的文章,刚扫完开头第一句话,心里就咯噔一声——坏了。

曾琴杀死刘盼盼的时候,一定想不到,仅仅一个月后,她就被历史刷新了——另一个母亲横空出世,占领了

"恶母"更高的山头。

她的手段更冷酷，伪装更周密，像是在向前辈致敬，又像是在对无数母亲发出挑战。

你们敢吗？你们配吗？你们能做什么呢？

你们看着我杀了女儿，你们敢出声吗？

文章充满煽动性的字眼看得陈福军头皮发麻，而且在最后还附上了刘盼盼事件时，叶攀所撰文的那一篇新闻评论，踩上了这个弹性巨大的跳板，这篇《她杀死了亲生女儿》便一发而不可收了，文章的阅读量应该很早就超出了10万，底下放出的评论让陈福军难以置信，就像是整齐划一地发出了某种极刑制裁的口号，排名最高的评论写道：

尤茜不死，简直是对"母亲"两个字的侮辱！

也许这句话唤起了广大女性同胞的母性，已经获得了上万的点赞量。几个排名靠前的评论也得到了好几千个"赞"。

还有脸活着？自己跳下去吧。

直接拉出去枪毙！

孩子有什么错？狗男女去死吧！

这个名为"麻美阿雅"的公众号，可谓是近期最具争议的情感类自媒体。一方面，它是过去一年里增长最快的账号之一——不到两年时间，就狂揽千万粉丝，头条广告报价一度高达百万元，还未必能排得上档期；另一方面，"麻美阿雅"却屡屡因其大胆的语言风格、极具煽动性的价值观，以及充满争议的话题选题登上热搜，引发多轮声势浩大的"网络群殴"。这是近年来少有的风评分化如此极端的账号：粉丝称它是"代言人"，是敢于说出真相、代表女性权益的勇者；反对者则斥之为"精神传销"，传播毒鸡汤，虚伪又无知。爱的人捧上天，恨的人恨不得摔手机。

陈福军并没有亲自看到这篇文章，但它早已在更大的社群中被疯转。文章精准击中了"母性"这一天然情绪引爆点，其传播速度和覆盖广度几乎是在预料之中。真正让陈福军感到不安的，是文章将此次医院坠楼事件和之前的刘盼盼案强行并列，并公然引用叶攀那篇当年引发广泛讨论的评论文章，将其当作号召"信徒"对尤茜发起攻击的"重型武器"。"麻美阿雅"趁着风头，把正在聚光灯下的滨江传媒拉入了自己的价值叙事体系，用主流媒体的公信力为自己背书——就像某些不法组织高举国家政策的大旗，却干着扭曲事实、贩卖焦虑、违法犯罪的勾当。

而当舆论的泥水混杂搅动，当人们最终开始质疑和反思，矛头自然会对准那些他们曾信任过的对象。到那时，就算叶攀有一百张嘴，也未必说得清楚。

就在此时，陈福军接到了拍客的电话，对方语气急促地说，有一伙人围住了尤茜父母的早餐店。陈福军心头猛地一跳——这股正在线上翻腾的情绪，终于开始向线下蔓延了。他来不及多想，简单交代了秦丽几句，又把那篇《她杀死了亲生女儿》的文章转发给了叶攀和刘小龙，然后匆匆赶往早餐店。

"尤伯伯，尤阿姨，你们在吗？"陈福军焦急地敲着那扇紧紧关闭的卷帘门。门上斜斜一排红油漆，歪歪扭扭地写着几个触目惊心的大字：杀人犯还钱！透过门缝可以看到，里面的玻璃门已经被砸碎，碎片撒了一地，像结了一层亮晶晶的霜。门口那口大煮面桶也被人踹翻，桶上裂出一道长口子，滚烫的汤汁正从裂缝中缓慢流出，在地砖上留下一条蜿蜒黏腻的痕迹。

"尤伯伯，尤阿姨，我是尤茜的朋友，你们还好吗？"陈福军心里一紧，忍不住抬高了音量，一边拍门一边探头往里张望。

过了好一会儿，门后终于传来些动静。卷帘门轻轻抬起了一道缝，一个满脸风霜的老汉探出头来，眼睛布满血丝，戒备地盯着门外。他看清了是陈福军，语气低低地说了一句："今天关门了，没有馄饨卖了。"

早餐店内已是一片狼藉，几乎没有完好的东西了，尤伯伯的胳膊上还能看见一条正在流血的伤痕，尤阿姨在边上抹着眼泪。

"尤伯伯，这是什么人干的？"陈福军咬着牙，压抑着心中的怒火。

尤伯伯扶起了一张圆凳，擦了擦凳面，"坐，坐。"

"尤伯伯，报警了吗？"

"唉，是我们不对，毕竟欠人家那么多钱。"尤伯伯摆了摆手，挨着尤阿姨坐了下来。

"可是，他们……"陈福军环顾了一下四周，又指了指尤伯伯的胳膊。尤老爷子似乎现在才注意到胳膊上的伤口，"没有，他们对我们两个老家伙还算客气，没动手，这应该是不小心刮的，没得事，没得事。"

听尤伯伯这么说，陈福军才稍微放心了些，"是……给孩子看病欠的钱吧？"

"给孩子看病用了一部分，还有一部分是给人家赔的钱。"

"赔钱？"

"我那女婿不是酒驾出车祸了嘛，还撞了个人，腿给撞断了，没办法，也得赔钱啊。"

"明明就是那个男人骑电动车逆行，要不是他，我们女婿也不会死，还赖我们女婿，没有道理嘛。"一旁的尤阿姨生气地抱怨了一句。

"还胡说什么？酒驾就是酒驾，还没得道理？你还比警察懂？"尤伯伯转头凶了尤阿姨一句，尤阿姨又低头不说话了。

"那家人也是可怜，两个娃都有病，男人又残了。我听人说，那家女人进了监狱，这人啊，唉，真是说不清楚。"

"那您亲家呢？他们不管吗？"

"我亲家也不容易，还钱压力也大，半年前中风，差点就过去了。茜茜和亲家母关系也不太好，也不能怪人家，茜茜也有错，这人啊，真是死了轻松，活着受累，可还不得活着么。"

"所以，欠了多少钱？"

"七七八八算起来，应该有三四十万吧，不过就是利息多点。出了女婿那档子事，孩子又得病，这银行也不容易贷出钱来，所以就这凑一点，那凑一点，有些确实不正规，也没办法啊，毕竟哪里都得用钱，孩子的病也耽误不起啊。可现在……"老爷子想起了孙女，神情黯淡了下来。

沉默半晌，尤伯伯才又开了口："茜茜……真的杀人了？"

陈福军看着两位老人迷茫又期待的眼神，不知道该怎么回答。陈福军知道，两位老人心中当然不会认为尤茜是杀人犯，可是这漫天的舆论飘来飘去，似乎让他们也渐渐地开始怀疑了。再坚定的人，在如此夸张的舆论压迫之下，心中的那根弦，也可能会松动。陈福军此刻也只能希望，两位老人能保持信念吧。

"相信警察吧，警察会还尤茜公道的。"陈福军眼神坚定地向两位老人点了点头。

离开的时候，陈福军突然想起了之前尤伯伯要赔钱的那家人，"尤伯伯，那个你说给了赔偿的那家人，就是进了监狱的那个女人，你记得叫什么名字吗？"

尤伯伯想了想，给出一个确切的名字，"曾琴。"

"情况怎么样？"小马刚进办公室，梁关就急着发问。

小马一脸疲惫，无奈地摇了摇头。

梁关叹了一口气，又将目光转向了监控屏幕。审讯室中的尤茜身体已经极度虚弱，精神也在崩溃的边缘，可仍然坚持自己没有杀人。从尤茜进入审讯室到现在，已经快24小时了。按规定，如果没有更确切的证据或是供述的话，时间一到就要放人了。梁关看着屏幕，犹豫着。

"要不要申请延长？"明明觉得就这样让尤茜走了，有些不甘心。

梁关摇了摇头，"不用了，时间一到就放人吧，找一组人盯着，也通知一声尤茜的父母。"梁关知道，这样耗下去也没什么用，就算是熬出了口供，也可能是有问题的，还不如先放了人，再看看其他方面会有什么突破。

"那一圈的楼都走过来了吧？"梁关点了一支烟，也给小马点了一支，两人从办公室出来，到大院里透透气。各路媒体应该都收到了消息，已经在公安局门口摆弄着设备蹲守了。

"13栋楼，77个可能的目击点，327个摄像头，治安的，物业的，全都查过了，只有2个对着医院大楼的，还坏了。这事真邪乎了。"小马把衣领紧了紧。

"目击点呢？都没人看着？"

"没有，刚好是上班时间，天又这么冷，本来有人抽烟的天台上也都没人。盛宏大厦那边人多、位置又好，按理说应该多少能有人看到。可你猜怎么着？天太冷了，物业一通暖风，玻璃上全是雾，而且暖风还是昨天早上才通的，真是赶巧了。"

梁关眉头紧皱，又将目光转向医院的方向，"锦华苑小区那两栋高层呢？"

"能敲的门都敲了，没人看见。倒是敲出一户传销窝点，交给赵队那边了。"小马无奈地笑了。

"有没有可能，有一些私人的摄像头拍到了？比如家用监控？"

"家用摄像头应该有，但如果拍到了，应该早就有人报警了吧。"小马也看向医院对面的方向，若有所思，"嗯，我们再去重点筛一遍，但感觉希望不大。"

"嗯，再找找吧。工作量可不小，去找刘局再借一组人，这事拖不得。"

"得嘞。"小马一路小跑进了办公楼。

小马刚进办公楼，明明就搀扶着尤茜从楼里出来了。

等候多时的媒体记者赶紧打起精神，虽然进不了公安局的大门，但闪光灯先亮了起来。现在话题热度这么高，大家都等着尤茜给个说法。这时，尤茜的父母也从媒体和围观群众中挤了进来。眼看正是下班高峰期，人肯定越围越多，两位老人带着尤茜根本不可能走得出去。

梁关赶紧挥了挥手："送一下，从西门走。"

明明心领神会地去开警车，梁关让两位老人和尤茜稍等片刻。

没想到，尤阿姨一下子跪倒在了梁关面前："警察同志，求求你给我们茜茜一个公道，她不是杀人犯，她不是杀人犯。"

梁关赶紧将她扶起，尤老爷子也连忙扶住了瘫软的尤阿姨，又责怪又安慰："要相信警察，相信警察。"

"阿姨，请您相信警方，我们一定会给一个说法。"梁关看着两位老人的眼睛，心里不是滋味。明明把车停在几人身边，梁关扶着尤阿姨先上了车。尤老爷子深深地向梁关鞠了一躬："警察同志，麻烦你了。"梁关赶紧躬身扶住老爷子："尤伯伯，这是我们的责任，您不用担心，我一定会尽力。"

两位老人上车后,梁关注意到,尤茜正面无表情地对着媒体的闪光灯,看不出她心里在想什么。

"上车吧。"梁关走近几步。

尤茜慢慢转过头,"我可以把静静带走吗?"

"暂时还不行,还要等……"

梁关话还没说完,尤茜就点头打断了他,"嗯嗯,麻烦你们了。"她强憋着眼泪,努力让自己不要失控。

警车驶离后,扑错方向的媒体和围观人群才慢慢散去。天已经完全黑了下来,下班高峰来临,公安局和医院之间的这条路,不出意外又堵了个水泄不通,红色尾灯连成了一堵墙,压得梁关心慌。

23

机遇

尤茜被暂时释放的消息很快便传遍了网络。刘小龙思忖：警方此时放人，说明尤茜暂时摆脱了嫌疑，或者说，至少警方手里并没有足够确凿的证据，不然也不会这么轻易地做出释放决定。但从网络舆论来看，似乎并不是所有人都能像他这样冷静思考。

刘小龙早已写好一篇题为《别装无辜，你就是凶手》的 3000 字长文，这次他瞄准的主题是"网络暴力"。在这个特殊的舆论节点，没有比抨击网络暴力更"政治正确"的了。这种立场最能俘获群众的情绪。当人们的非理性已被推至顶点，舆论的"狂欢"早就越过了边界，用不了多久，他们就会对这种癫狂感到厌倦，转而寻找新的刺激与另一个道德的制高点。而在这个时机，刘小龙若能义正词严地站在网络暴力的对立面，就像是为一群被烧光野草困在山顶的迷茫群众，搭起一座通向绿地的天梯——而天梯的另一端，是一片更广袤的青青草原。

除了"尤茜公公势力庞大，暗箱操作，公安也没办法""高智商犯罪，警方找不到一点证据"等几个谣言迅速传播，更多的舆论似乎已经给尤茜"定罪"，把她认定成了杀人凶手，甚至有人开始抱怨警方不作为，煽动网友齐上阵找证据"自己定罪"。毫无疑问，其中一大部分功劳要归于"麻美阿雅"。凭借庞大的粉丝数量和高度集中的粉丝属性，她的煽动性言论俨然成了一道天然的"精神围墙"，将粉丝的思维世界牢牢困在其中。他们反对一切对自身立场的质疑，不认同所有与自己价值观不同的声音，却将所有自我构建的想象视为"真实"，把任何打破其认知的事实都当作别有用心的阴谋。

正是这种强烈的敌对氛围，将那些抱持同样价值观的人紧紧团结在一起。外界压力越大，他们的凝聚力反而越强。如果不是这两年频繁曝出让人哭笑不得的"价值观对立"事件，刘小龙恐怕也不会意识到——原来"精神鸦片"竟能将人毒害到这种程度。

这两年，各类新闻和信息平台开始全面拥抱智能机器算法进行内容分发。以迎合群众喜好为核心的算法机制，让每个人都成了皇帝，都能得到聪明机器投喂的"最舒服"的信息。但渐渐地，许多人就在这种舒适的喂养中，变成了看不到自由，也想不到逃跑，还乐呵呵等待宰割的动物。回音壁效应逐步增强，最终演变为预言中的一个个"信息茧房"。虽然从数据层面上还没有完全证实，但仅从典型事件的显性表现来看，刘小龙能清晰地感受到：价值观和认知的分裂，已经相当明显了。

刘小龙叹了口气。事态若继续这样发展下去，真不知道会酝酿出怎样的悲剧。而让他始料未及的是，"麻美阿雅"竟然借上了叶攀的势。这一手他没想到，但回过头再一想，"麻美阿雅"这招，不正和自己当初踩着道歉的医院、点燃"闭针疗法"热度时如出一辙吗？想到这里，刘小龙仿佛突然看见了一面镜子。他被镜子里那个自己吓了一跳。

他一直以为自己是在做"对"的事，可是——这样的"对"，真的对吗？

用"错"的方法去做"对"的事，究竟是对，还是错？

刘小龙忽然想起本科在法学院时，关于"程序正义"和"结果正义"的争论。他再一回头看如今的自己，忍不住倒吸一口凉气。

沉思许久，刘小龙最终删掉了那篇已经写完的长文，只留下了一句话："医院坠楼案警方还在调查中，请保持理性，相信警方，静待结果。不要造谣传谣，不要被舆论误导，不要被网络暴力利用。"

写完后，刘小龙想了想，把题目改成了《关于医院坠楼案》，然后又删去了文章第二句话，长出了一口气，点击了发布。

梁关坐在办公室的角落里，翻看着医院坠楼案的资料。这些资料已经被他来回翻了不知道多少遍，脑子里也把各种可能性模拟了一遍又一遍，可每一次推演的结果都让他更清楚地意识到：只有找到周围大楼的目击报告，否则，这案子可能就会永远悬在那里。

梁关伸了个懒腰，瘫在沙发上，仰起头闭上眼睛，一幕幕画面在脑海中闪回——围观尸体的人群、围堵在公安局门口的媒体、视频直播中的李更……最后，画面定格在尤茜那张苍白哭诉的脸上。

梁关慢慢睁开眼睛。如果这个案子就这么拖下去，网民和媒体的关注度又这么高，警方怕是会被舆论骂得体无完肤。想想都头疼。不过，平息不了舆论还是其次，最重要的是，如果找不出真相，该怎么给静静和李悦一个交代呢？一想到尤茜和那对可怜的老人，梁关心里就沉得慌，不知道该以什么样的态度去面对他们。

他长叹一口气，拿出手机，正好看到公众号"小龙说事儿"的推送，标题简单得像警方通告。下面的评论整整齐齐地刷着一排"相信警察"。也许是突然感受到一丝慰藉，梁关不自觉地笑了出来。

忽然，他意识到：既然这件事有着如此高的关注度，那为什么不能反过来——利用事件的热度，以及媒体和大众的力量呢？

他犹豫了几分钟，最终拨通了叶攀的电话。

"能不能通过你们的平台，帮我们找目击线索？"梁关开门见山。

"你的意思是？"叶攀皱了皱眉。

"只有找到医院坠楼案的目击线索，案件才能真正结束。"梁关直接摊牌。

"我们还从来没这么做过……让我想想。"叶攀的大脑飞速旋转，"你想发什么？"

"目击线索，目击者，各种可能的摄像头，手机拍到的内容……只要是案发当天早上、从住院部外侧拍的都行。至于怎么发，看你们怎么方便、怎么有效。"梁关顿了顿，又补了一句："可以加上有效线索有奖励，我去局里申请一下，应该没问题。"

叶攀知道，这可不是一项简单的活儿。一旦征集线索的消息发布出去，以目前的舆论热度和媒体覆盖度来看，毫无疑问会有大量的信息涌入进来——至少有百分之九十九是无效信息。但哪怕只有百分之一的线索覆盖到了警方尚未涉及的盲区，也可能为破案带来希望。

要怎么更高效地筛选内容呢？这时，叶攀想起了"全民爆料"平台。

"行，我知道了，我去跟总编商量下看怎么搞，等我消息。"

"好。"

24

舆论杀人

"各位老铁,关注点一点,礼物刷一刷,静静的妈妈被警察送回家了,来了,我们去看看。"

镜头从手机的前置摄像头切换到了后置摄像头,一阵晃动之后,画面中出现了从警车上下来的尤茜,紧接着便迅速被媒体和围观人群围了上去。

直播链接是从秦丽微信上的一个群里点进来的,陈福军扫了一眼——这个叫"滨江小狼狗"的直播账号当前已有三万多名观众在线,人数还在不断上涨。屏幕上,礼物特效一波接一波地闪个不停,几乎没有停歇。

镜头中,一个短发的女警正护着尤茜和两位老人朝楼梯口走去,镜头也在人群的推搡中跟着挤了过去。楼门口破旧的墙面上,被人用红色油漆涂满了大字,格外扎眼。

"看看，看看啊！'杀人犯'，看到没，这大红油漆涂的。有礼物的刷一刷，关注一下。走，我们上去瞧瞧。"

镜头顺着狭窄的楼梯一路跟拍上到了三楼，尤茜似乎一时忘了钥匙放在哪里了，不停地在包里翻找着。围观的人群和各种设备把整段楼道挤得水泄不通，女警大声呵斥，才勉强挡住了蜂拥而上的人群，给两位老人挤出一点点立足的空间。

"我现在在静静家的楼道里，已经挤疯了，来给大家看看。"

直播又切换到了前置镜头，主播被挤在了楼梯中间动弹不得，还故意做了一个夸张的伸舌头动作，翻了个白眼，头向一侧歪着。

"医院坠楼案你有什么想说的？"

不知道人群中是谁喊出了这个问题，尤茜突然愣了一下，迷茫地看着人群，什么也没说。她终于找到了钥匙，可她的手颤抖得厉害，钥匙没拿稳，掉在了地上。

"有人说你们家拆迁得了几百万，还在网上让网友捐款，是不是真的？"

"你老公是不是被你和魏强害死的？"

"你为什么诬陷李悦，是想让李悦当替罪羊吗？"

"你知不知道李悦得了抑郁症？"

楼道里接连传来尖锐的提问，晃动的镜头中，尤茜把钥匙插进了锁孔，却怎么也打不开。

"热闹了热闹了，有好戏看了。"

镜头又切回前置，主播一脸兴奋，甚至环绕一圈展示了楼道里热闹的全景，最后又将镜头对准尤茜。女警也顾不上人群的喊声了，从尤茜手中拿过钥匙，几下就打开了门，赶紧把两位老人推了进去。

"杀人犯！"

尤茜刚迈进屋，不知是谁在人群中大喊了一声。尤茜回头望去，却找不到声音的来源。镜头拉近，给了她一个特写，她的眼神无助而空洞，脸上毫无表情。看到这一幕，秦丽不忍地捂住了嘴巴。

啪的一声，门被拍上了，镜头前只剩下那几个鲜红刺眼的"杀人犯还钱"大字。随后，画面切回主播镜头，楼道中围观的人群开始慢慢散开。回到大院，主播四处张望，终于锁定了一个正在遛狗的老大爷，立刻兴奋地举起手机镜头冲了过去："大爷，小区里住着一个杀人犯，你怎么看？"

大爷被这迎面而来的伸长自拍杆闪了一个趔趄，回身站定，一脸怒火地对着镜头："呸，你才是杀人犯呢，别挡道。"

老大爷骂完，挺直着腰杆，撞开了主播，扬长而去。

"什么素质？"主播一脸无语地嘟囔了一句，仿佛听到了他的抱怨，老头的小狗突然回头，龇着牙气势汹汹地冲了过来，一阵狂吠，把主播吓得往后缩了一步。

"嘿，'小狼狗'，你还嘚瑟上了。"

老头回头瞥了他一眼，手一拽绳，小狗立刻安分下来，蹦蹦跳跳地跟着主人离开了。

这个画面实在太滑稽，陈福军也忍不住笑了出来。笑过之后，心里却升起一阵隐隐的不安。如今这些年轻人，尤其是那些职业主播，为了吸引流量，真的越来越没有底线了。网上的舆论风波已经蔓延到了线下，开始对当事人的现实生活造成直接影响。如果案件迟迟没有结果，而这些人又持续地这样搅动情绪，真说不准会出什么更严重的事。陈福军关掉了直播，可尤茜那双空洞无神的眼睛，却在他脑海里挥之不去。

叶攀和廖建国交流之后决定，即使只有极小的概率能够找到目击者，这件事也必须启动。廖建国随即与集团高层通话，对方决定调动全媒体资源支持叶攀，全方位配合警方调查。叶攀非常清楚，征集信息的消息一经发布，海量反馈就会从四面八方迅速涌入。为了不错过任何一条可能的线索，必须在发布前，提前完成对服务器、审核编辑团队、接线员等多项配置的部署。单靠滨江在线编辑部现有的人力，是远远无法应对的。

叶攀甚至联系到了《新滨报》的主编，邀请对方参与此次联合征集。她清楚，两家媒体所能覆盖的受众范围，远大于单一平台。多一个人看见消息，就多一份找到线索的希望。

曾经，因为争夺"真相"的主动权，两家媒体明争暗斗，势如水火。此刻，彼此却因共同的目标放下了过往的竞争，站在了同一个战壕里。尽管最终结果如何尚难预料，哪怕可能一无所获，叶攀却在这一刻，第一次清晰地感觉到一种力量，就像当年初入滨江传媒，带着理想与热血的那一瞬，她确信自己又重新回到了正确的道路上。

正当叶攀在会议室为信息发布进行最后部署时，小左突然冲进来，打断了会议："攀姐，出事了。"他顾不得多做解释，立刻将账号为"滨江小狼狗"的直播页面投到了会议室的大屏幕上。

晃动的镜头中，尤茜面无表情地背身坐在栏杆上，叶攀突然意识到这是医院的住院楼，难道……叶攀睁大眼睛看了下小左，小左狠狠地点了点头。

"静静的妈妈已经在栏杆上坐了十几分钟了，要出事了，要出事了，各位朋友关注起来，你们觉得她会不会跳下去？"

镜头中，天台上的人越来越多，有跟拍的记者，有围观的病人和家属，还有几个像"滨江小狼狗"这样正在直播的网络主播。从画面中可以看出，站在包围圈前列的人已经陷入混乱，不知该上前劝阻，还是撤退。他们明白，再向前一步可能会逼迫尤茜做出极端之举，但身后越来多不明真相的群众不断涌入，他们进退两难，只能硬着头皮维持着岌岌可危的距离。

尤茜转头看了一眼身后的空地，引得人群一阵惊呼。滨江在线的会议室里，所有人也神情紧张，叶攀更是双手紧攥，仿佛想隔着屏幕帮尤茜抓紧栏杆，心跳声在胸腔中急促地撞击着。然而她清楚，自己此刻什么都做不了。

陈福军和秦丽出现在画面中，身处包围圈前列，正缓慢而小心地接近尤茜。

"茜茜，你可千万别做傻事啊，有什么委屈咱们慢慢说，你先下来。"秦丽弓着身子，双手向尤茜的方向轻轻伸出，虽然还有几米远，却不敢再轻易迈进一步。

"尤茜啊，你想想尤伯伯和尤阿姨，你要真出了事，他们怎么办啊？"陈福军站在秦丽身后，声音发颤，显得无比焦急。

人群中也有人七嘴八舌地劝说着，可尤茜没有任何回应，只是轻轻地抚摸着冰冷的栏杆，就像是在轻柔地触碰着静静的脸庞。

梁关疯狂地按着电梯键，上方的数字却像故意拖延一般，迟迟不动。梁关等不了了，冲进楼梯间，大步向上跨去，明明紧随其后。

她将尤茜和两位老人送回家后，本想再陪一会儿，但尤茜表示不必麻烦，她想自己静一静，于是，明明便驱散了门口围观的人群，先行返回警局。刚安排下两名便衣民警蹲守，便接到消息，说尤茜回医院收拾东西。起初并未引起警觉，好事之徒像尾巴一样跟了上去，可就在尤茜在病房间踱步的空档，趁众人一个不留神，她竟已坐在了露台的栏杆上——不偏不倚，正是那天静静坠落的地点。

来不及责怪那两名年轻民警，梁关和明明从马路对面一路飞奔赶来。

挤出人群、喘着气站在最前沿，梁关大声说道："尤茜，冷静，想想静静。如果你跳下去，就永远也不知道真相了。"

尤茜听到这话，终于有了反应。她环视四周，目光所及之处，人们纷纷移开视线，原本高举的手机也迟疑着缓缓放下，现场气氛逐渐安静下来。

灯光下，人们发现天上竟飘起了雪花。冰粒打在人们皮肤上，尤茜伸出手，试图将雪花接住，但这些微小的冰粒在掌心触及的瞬间便融化不见，就像从未存在过一样。

这时，魏强也赶来了。他从人群中挤出，正要冲上前，却被梁关拦在了安全线外。

"茜茜，你别做傻事……茜茜，我对不起你……"魏强声音颤抖，话音未落，两腿一软，扑通跪在了地上。尤茜望着魏强，脸上露出一个笑容，眼泪也随之涌出："是我对不起你。"

"尤茜，你要是跳下去，怎么对得起这些关心你的人？"梁关趁势劝说，声音愈发急切。

尤茜擦了擦眼泪，与梁关目光相对，声音虽微弱却无比坚定："我没有杀人。"她看了秦丽、梁关一眼，又望向魏强，微笑着点了点头。最后，她回头看了看围观的人群，眼神逐渐空洞，笑容也随之消失。

陈福军心中一紧——不好！

"尤茜，我相信你没有杀人！但你得活着，才能证明！"梁关的声音如最后一只悬空的手，想将她拉住。

"无所谓了。"尤茜轻轻摇头，唇角浮现一丝淡淡的微笑，闭上双眼，向后倒去。

25

奇迹之生

处理完医院的事情回到家时,梁关看到叶攀一个人坐在楼梯口,包敞着口,凌乱地甩在一边。她双手抱膝,蜷缩在角落里,像一个无助的孩子。

"没带钥匙吧?"梁关也倚着墙,在她身旁坐下。冷风拍打着楼梯间摇晃的窗户,发出沉闷的响声。

叶攀没有说话。透过昏黄的灯光,梁关看得出她哭过,眼睛红肿得厉害。

在尤茜坠落的那一瞬间,直播信号戛然而止,叶攀感觉整个人都在失控地旋转。她崩溃了,不知道该怎么办,大脑一片空白。她甚至不记得自己是怎么回到家门口的,手机和钥匙也不知落在了哪。她只觉得心脏仿佛被一双无形的大手狠狠攥住，喘不过气来，像是整个人沉入了沼泽。她拼命挣扎，咬牙敲打着冰冷的墙壁，才勉强逼出一点眼泪。但那一刻，她已用尽全力，放弃了挣扎，只能蜷缩在这里，任由这混着冰碴的冷风将自己一点点淹没。

"我还是第一次这么近距离看见有人跳楼。"梁关没有回避，语气平稳地说着，"你知道是什么感觉吗？那一瞬间，就好像我自己也跳了下去。就像坐在游乐场的跳楼机上，整个人瞬间失重，血液仿佛停了，全身僵硬，就像下一秒自己也要死了似的。脑海里全是飞快掠过的画面，可能就是所谓的走马灯吧。你猜我脑子里最后的画面是什么？"

梁关微微侧头看了叶攀一眼，见她没有回应，便继续说下去："竟然不是你。我自己都奇怪。"

他侧过脸，又看了她一眼，见她眼角轻轻抽动，知道她听进去了。

"我脑子里最后的画面，是我们小区里每天早晨捡饮料瓶的那个老大爷。我想了半天，我跟他也不熟啊，怎么会是他？后来想想，大概是因为他是我每天早上见到的第一个人，第一个笑脸吧。你记得他吗？门牙都掉光了，还总笑得特别灿烂。可能每天看、每天见，那张笑脸就这样刻进了脑子里。"

梁关顿了顿，声音低了些："我忽然觉得，人啊，是笑着来到这个世界的，愁眉苦脸一辈子，走的时候……也还是得带着笑走。那些烦心事、那些痛苦，到了那一刻，好像都不重要了。所以我想，静静、李悦……她们最后的时刻，脑子里，或许也是一些美好的画面吧。"

"那尤茜呢？"叶攀转过头，眼中含着泪，脸颊被冷风吹出了红色血丝。

"这我就不知道了，你得去采访她本人。"梁关故意摇了摇头，语气夸张地加重了几分。

叶攀从他的语气里听出了不对劲："她不是……跳……跳楼了吗？"

"是啊。"梁关肯定地点了点头。

"那……她……怎么……"

"我说她死了吗？"

"尤茜……还……活着？"叶攀抱住了梁关的胳膊，

眼神充满期待。

"你不是搞新闻的吗?还问我?"

叶攀这才想起自己的手机不在身边,梁关从兜里掏出手机递给她,"小左给我打电话,我过去拿的。"

叶攀顾不上多问,赶紧摁下电源键。

"别摁了,没电了,关机了。"梁关一边说,一边补充,"人真没事,消防的气垫正好接住了她。就是有点脑震荡,断了几根肋骨。听大夫说,问题不大,过几天就能缓过来。"

看叶攀还愣在那里,像是不太相信,他又把手机递了过去:"给,自己看。"

叶攀一把接过,点开新闻链接。图片中,尤茜正被架上担架,送上救护车,眼睛睁着,看起来还很清醒。叶攀终于相信了,仿佛整个人从泥沼中被拉了出来。

"哇——"她忍不住哭出声来,那颗快要被压垮的心脏,终于重新恢复了跳动,泪水像泉涌一般喷薄而出。

她扑进梁关怀里,双手胡乱拍打着他的胸口。

"小点声,小点声,鬼哭狼嚎似的,吓着邻居了。"

梁关轻声安慰，一边搂紧她，一边站起身，"走走走，这里太冷了，咱进屋哭，进屋再哭……"

叶攀的哭声穿透冷风，在空旷的楼道中回响，穿过摇晃的窗户，混进漫天飘落的雪花中，化作一缕缕温热的雾气，缓缓落下，渗入泥土……

也许是老天的意思，大概在尤茜还在医院病房被群众和媒体围堵的时候，就已经有人报了警，说可能会出事，而且还指明了可能有人要跳楼，并给出了明确的地点。虽然事情还没有发生，接警中心也不敢怠慢，第一时间将信息转给了消防队。刚刚完成新设备训练演习的区消防中队，连衣服都没来得及换，就紧急赶了过来，救生气垫刚刚充好，就接住了从楼上坠下的尤茜。

一般而言，救生气垫能有效缓冲的坠落高度不超过6层，再高即便接住了，恐怕也是九死一生；而且，对坠落者落下时的姿势也有非常高的要求。或许尤茜真的就是命不该绝——从远超安全极限的10楼坠落，落地姿势竟然像安全手册上演示的那样标准，最终只是折了几根肋骨，伴有轻微脑震荡，甚至在巨大的冲击下都没有昏过去。这概率几乎比中彩票还小,就连负责救援的中队长都连连感叹:"奇迹,简直就是奇迹。"

尤茜能够活下来,多亏了消防中队的快速响应,但最大的功劳,恐怕还是要记在那个"能预见未来"的报警人身上。此人正是滨江传媒的一名记者,也是当时在医院现场众多媒体人员中并不起眼的一个。梁关向叶攀形容说,那女孩短头发,瘦瘦矮矮的样子。

叶攀在脑海里搜索了好一会儿,才终于想起来,这个女孩,似乎是最近新来的实习生,可她叫什么名字来着?叶攀却怎么也想不起来了。

26

大雪无痕

雪下了一夜,第二天一早,竟在滨江这座南方城市见到了积雪的景象,成了名副其实的"一夜冬至"。

由于气温徘徊在零度左右,虽然雪下得不小,但大部分都积成了薄薄一层冰水混合物。走在街头,一不留神踩进哪个藏着雪渣的冰水陷阱,整只鞋子便会瞬间被吞没。滨江两岸的柳树枝条也被冰雪压出了花朵般的形状。从高楼望下去,白色的"花"点缀在平静的江畔,云雾渐散,金色的晨曦越过滨江洒满大地——廖建国陶醉在这幅绝美的景致中,甚至忍不住想要赋诗一首。

叶攀带着梁关进入廖建国办公室时,廖建国正举着两只被冰水浸透的鞋子,瘫坐在椅子上,两只冻得通红的脚靠着小太阳取暖，眼神却沉浸在窗外的雪景中。这幅滑稽的画面让叶攀差点没忍住笑出声来。

"总编，公安局梁队长。"叶攀简短地做了介绍。

"廖总编您好。"梁关上前一步，主动打招呼。

廖建国赶忙起身，正想伸手，却发现自己手里还拿着鞋，连忙放下，面露尴尬，手悬在半空，一时不知道该握还是不该握。

梁关毫不介意，主动伸出手与之握手，还笑着说："滨江十年没下过这么大的雪了，多好的景啊，就是冷了点。"

廖建国随即回神，"是啊，好久没见这么大雪了，冷点也好，舒服。梁队长，这大冷天还劳你们亲自过来，真的辛苦了。"

"应该的。这次真的感谢你们鼎力相助。我这边也带了十几个民警过来，两边配合，能多一分希望是一分。"

"嗯，现在情况怎么样了？"廖建国看向叶攀。

"目前还没发现有效线索，各种消息源源不断地传来，整个编辑部都调动上了，应该会有些进展。"叶攀答道。

廖建国点点头，又转向梁关："梁队长，有什么需要的，直接跟小叶说，她这边全力配合。我这边也已经和集团领导打过招呼，我们会全力支持。不管结果如何，咱们都尽全力。"

梁关肯定地点头，再次向廖建国表示了感谢。

随着太阳升起，气温回升，满城的冰雪仿佛意识到自己来错了地方，开始迅速消融。雪水冲刷着城市的角落，也似乎带走了昨日的阴霾与罪恶。尽管"尤茜跳楼被救"这一新闻正在发酵传播，但昨日还在热议的人群，今天却像达成了某种默契，集体沉默了下来，仿佛一切从未发生——好一个"大雪无痕"。

零星几声向尤茜表达同情、反对网络暴力的声音，也很快被湮没在滨江短暂而耀眼的"冬至雪景"中。现实中的雪景稍纵即逝，但人们并不担心错过：只要打开手机，那些雪的画面就会永远保存在朋友圈、微博和各个平台的热搜里。

尤茜以"死亡"来向全世界证明自己的清白，可这份

"清白"尚未成为真正的真相。她的坠落,像是给舆论按下休止符。毕竟,舆论并不真正关心事实的本身,它只沉迷于情绪起伏带来的戏剧性体验。但警察不同,真相一天未查清,他们的心就一天难安。好在,媒体似乎也意识到了自己的责任,将重心从讲故事重新调整到了对真相的追寻上。

然而,真正接近真相的努力往往是吃力不讨好的,远不如迎合观众来得轻松。

滨江传媒和《新滨报》的编辑与记者们纷纷投入到了对线索与资料的审核筛查工作中。正如叶攀所预料的那样,各类信息像纸片一样从四面八方飞来。除了主流媒体,以刘小龙为代表的众多自媒体人也主动加入了这场搜证行动。网络上再次掀起一场全民搜寻的浪潮,热度丝毫不逊于昨日对尤茜的围剿。人们仿佛在用这种方式,为昨天的暴力赎罪。

医院周边的目击角度再多也是有限的,而且大多数区域警方早已排查过,因此现在的搜索更像是在为了那1%遗漏的可能付出3000%的努力。尽管警方与媒体都清楚,这样的搜寻等同于大海捞针，费时耗力且结果未知，但梁关不愿意停下，叶攀也不愿意。

希望这个东西，说来也奇怪——它越渺小，却越坚定。

这场全民搜索的行动，构成了一幅近乎奇观的图景：无数人跋涉在沙漠中，寻找一粒未必存在，也不知落于何处的珍珠。

值得吗？梁关不知道，叶攀也不知道。但至少，比起谣言与暴力，如今人们的热情正被引导到一条更值得信任的轨道上。

"你当时为什么会报警？你怎么知道尤茜会跳楼？"

叶攀看着桌面上那份刚刚翻出来的实习生简历，抬头看向面前的人——胡飞。简历和人一样毫不起眼，和叶攀印象中一致：矮矮瘦瘦的，站在人群里不容易引人注意。

"嗯，当时她来到医院的样子，一看就有问题啊。"胡飞说着掰起手指，"老公死了，女儿也死了，还被骂成杀人犯，如果是我的话，我是什么心情？我觉得我已经失去了活下去的全部意义，所以……反正那时候我的感觉特别强烈，就报了警。"

"不管怎么说，你可是尤茜的救命恩人啊。"叶攀笑着肯定了她的做法。

可胡飞摇了摇头，皱起了眉："我觉得倒不一定。站在尤茜的角度，如果死亡对她来说真的是最好的选择呢？如果活着比死更痛苦呢？那岂不是我自私地替她决定了生死？如果是这样，那我就不是救了她，而是害了她。"

叶攀没想到胡飞会以这样的视角看待问题。当所有人都理所当然地认为"活着"是更好的选择时，她却能设身处地站在当事人的角度，尝试理解尤茜内心的想法。诚然，尤茜的举动对那些关心她的人而言，可能是一种自私；但如果人们用自己所认定的"活着更好"的价值观去阻止她的选择，又何尝不是另一种"自我的想法"？

胡飞意识到，自己是在介入别人的生死抉择，但在这样的认知之下，她依然选择了报警。她所承受的，不仅是来自尤茜生死结果的压力，更是对自己的拷问。每个人都在为一个自认为正确的结果努力，但胡飞真正跳出了默认的判断框架，试着站到另一个人的角度，设身处地体会对方的感受。胡飞的灵魂，远比她瘦弱的身躯更有力量。

看着胡飞用心感受新闻人物的样子，叶攀突然意识到，可能是做媒体这一行实在太久了，自己本应具备的那份同理心，早已被现实消磨殆尽。而胡飞就像一面镜子，将一束光反射进了叶攀心中那个久被遗忘的角落。

"我们去医院看看吧。"

"嗯……去做什么呢？"梁关一时没明白她的意思。

"做了这么多新闻，都是隔着屏幕……就是想去现场感受一下吧，顺便也看看乐乐。"叶攀其实也说不清自己为什么突然想去，只是一瞬间的念头。

梁关看着民警和编辑还在对线索进行筛查，眼下也没发现什么有价值的信息，继续待在这里也只能干着急，便点头同意了叶攀的提议。

27

尘埃落定

"手术的时间定了吗?"

"定了,下周五,明天是最后一次会诊。"

护士进来给乐乐做术前会诊的常规检查,秦丽在病房里帮忙,陈福军则和梁关、叶攀一起出了病房,来到露台上。

"大夫怎么说?手术把握大不大?"叶攀直到此时才开口,在病房里不便问出口。

"唉,不好说,刚签完手术风险知情同意书。怎么都得做,不做风险更大,做了……就看孩子的命了。"陈福军这些天反复给自己做心理建设,说到这些话题时,语气已不再那么沉重。"静静妈那边怎么样了?"

"身体没什么大碍，情绪也暂时稳住了，魏强在身边陪着，她父母也在。"

"这事闹得……"陈福军摇了摇头，又转向叶攀，"昨天我和老梁就在这露台上，看着静静她妈跳下去的，秦丽都吓坏了。那场面，哎呀，好在消防来得及时……征集消息有作用没？"

叶攀摇了摇头。

"我这边有什么能帮上忙的？"

"你就别操心了，好好陪着孩子做手术才是正事。乐乐状态怎么样？"

"前几天还好，昨天到今天这会儿，情绪有点低，不知道为什么。"

"会不会是因为这事？"叶攀轻轻点了点露台边缘的方向。

"应该不会，这事都没告诉他，怕孩子难受。之前静静和他老一块玩，这说没就没了……哎。"

"这个节骨眼上，知道了反而不好。"叶攀说着，看到做完检查的乐乐被裹得严严实实上了露台，秦丽也跟着过来，梁关手机铃声刚好响起，他站起身来，"我接个电话。"说完走向了露台边。

乐乐走了过来，小脸上隐约带着哀伤。叶攀蹲下身，帮他把羽绒服的拉链往上拉了拉，留意到他似乎有话要说。

乐乐从口袋里掏出手机，在屏幕上输入了一行字，递给叶攀：叶阿姨，阿尤是不是死了？

"阿尤？"叶攀愣了一下，随即反应过来，静静的大名是"杨静尤"。她一时不知道该如何回答，下意识地抬头看了看陈福军，又看了看秦丽，两人对视了一眼，最终点了点头。

叶攀握住乐乐的双手，调整了一下语气，尽量让声音听起来平和："乐乐不要难过，阿尤……去天堂了。"

乐乐又在手机上打出一行字：阿尤是怎么死的？

这个问题让叶攀陷入沉默，不知该如何作答。陈福军和秦丽也蹲了下来。

"静静……是从这边摔下去的。"陈福军没有选择对乐乐撒谎，但也没有说出那层他们尚未确认的复杂真相。

乐乐转头看向叶攀，像是在等待她的确认。

叶攀点了点头。

乐乐原本哀伤的脸上，突然浮现出一抹笑意，这让三个大人都有些惊讶——他们实在想不通，得知这个消息，乐乐为何会露出笑容。

还没等他们反应过来，乐乐已经点开了手机里的一个视频，递给叶攀。

画面中是静静。背景是医院的楼梯间，静静穿着病号服，坐在楼梯上。不必多问，拍摄这段视频的人，一定是乐乐。

"陈天乐你发誓。等我死了，你才能把视频给别人看。我们拉钩。"

两只小手拉完了钩，静静想了想才开始说话："我叫杨静尤，这是我的遗书，我妈不给我玩手机，我又不能写在笔记本上，那样我妈就知道了，我就死不了了。我已经想了很久了，我的好朋友都死了，韩天齐、杨子轩、古开心，还有刘晶晶，现在就只有陈天乐和我了，我也不想活着了……笑什么，反正你也会死的，不许笑，不许笑。

"我早就知道我的病治不好了，我妈还不告诉我，我偷偷听到的，那个戴眼镜的胖医生，要不是我偷听到，都没人告诉我。我已经不是小孩子了，我给我妈说过我想死，可她骂我，哼，我怎么就不能死了？护士里面我最喜欢的就是李悦姐姐了，可是我告诉她我想死的时候，她也骂我不懂事。只有陈天乐最好了，别人都不听我说完，嘿嘿……

"我听说给我治病花了好多钱，爸爸死后，都是妈妈在照顾我，好像还借了好多钱。以后吃不上姥姥姥爷的馄饨了，爸爸死后，爷爷奶奶也见得少了……要是我不得病，爸妈也不会吵架吧，我也不知道。还有魏强叔叔，我觉得他还挺好的，就是没有我爸帅，谈恋爱就谈恋爱嘛，还偷偷摸摸的，好像我不知道一样，我都10岁了，大人的那点事我又不是不懂，我还挺希望魏叔叔和我妈结婚的，我妈就不用老盯着我。

"我真的怕疼，真的，你别笑我，你还不是一样，反正我受够了，你想疼就疼着吧！我也不知道为什么我脑袋里长了个瘤子，可能我是鱼变的吧，珍珠卡在里面出不来了。别笑，你还不是一样，陈天乐你是棉花糖变的。

"我真的不喜欢别人叫我静静，好土啊，韩天齐爸妈就不叫他齐齐，阿齐多好听啊，是不是？阿乐，阿乐，阿乐……我已经想好了，就从那边跳下去，我偷偷试过，应该能爬上去。我还没坐过山车呢，好像和坐过山车是一样的感觉，我生病后都没有出去玩过了。

"终于能解脱了，好开心啊，不过千万不能给我妈知道了，不然又没机会了……阿乐啊，还有什么呢，我也不知道说什么了，反正就这样吧，主要是给我妈看吧，还有姥姥姥爷，要是不给我妈留句话，按我妈那个性格，说不定也要死呢，她又没病，就好好活着吧，不然姥姥姥爷该没人照顾了。不懂事就不懂事吧，我也管不了那么多了。陈天乐你千万要给我保密啊，不然，不然我就不和你做朋友了！走了走了，有人来了……"

视频结束了，秦丽和叶攀的眼泪早已淹没了脸颊。乐乐看着妈妈和叶阿姨哭成这样，一脸疑惑，秦丽什么也没有说，只是把乐乐紧紧地揽在了怀中。

打完电话的梁关走了过来，一眼便明白了发生了什么。叶攀和陈福军看着他,梁关晃了晃手里的手机:"有线索了。"

提供线索的是一个装修公司姓张的项目经理,他们公司有一个业主正在装修的房子,在锦华苑小区靠外侧、正对着滨江三院住院楼的方向,而且刚好不久前服务升级,所有的工地都引入了实时监控。不过因为业主对地板颜色不满意,正从外地调货,所以工地这几天就暂停了施工。昨天晚上张经理回到家的时候,他老婆正在看"滨江小狼狗"的直播,张经理一下就想到了这个业主家。他之所以记得这么清楚,是因为当初来看工地的时候,就看见这个房子正对着医院。

可昨天晚上,张经理怎么也联系不上业主,也连不上监控的网络,今天一早好不容易联系上了业主,可业主手机端也连不上监控网络,所以张经理就赶紧跑了一趟工地。因为摄像头虽然连不上手机,但是自带内存,还是能够自动存储一周左右的视频影像。

一般来讲,为了更好地利用自然光线,让视角覆盖到整个客厅,摄像头会安装在阳台靠近窗口的位置,视角朝里，这样是肯定不会有窗外视角的，自然也不可能拍到医院住院楼。可是说来也巧，刚装上摄像头，工地上的老师傅总觉得不舒服，感觉有人盯着，没办法干活，关又不能关，干脆就把摄像头的朝向转向了窗外，刚好就对上了医院的方向。张经理当时还为此和老师傅理论了一番，但最后因为业主对地板颜色不满意要等待调货，施工暂停，这事也就不了了之了，因此张经理才记得清楚。也正是因为暂停施工，警方的搜查才错过了这个眼皮子底下的摄像头。

前面的东西张经理基本心里有数，但是这个监控摄像头有一个移动侦测的功能，就是画面范围内有动作才会启动录像，如果完全静止达到 10 分钟，摄像头就会自动进入休眠状态，停止录像。这样的设定也是为了节省存储空间。正是因为这个相当智能的功能，才让张经理无法确定，到底会不会录到有效的信息。

梁关和叶攀赶回滨江传媒的时候，监控产品公司的技术人员也才赶到，解除了内容锁定后，监控的片段都呈现在了大屏幕上。

"从最新的开始看，看昨晚有没有拍到？"梁关指了指最前面的影像。

技术人员点开视频，来来回回仔细地拉动进度条，反复确认后摇了摇头："昨晚应该没有启动。"

梁关能够感觉到，围观的警察和编辑们一部分希望落空了，但现在顾不上这些，"这一段时间是什么时候的？"

"是昨天中午 12:20 到 12:30 的。"

"这一段为什么启动？镜头里面没有动作和变化啊。"

"这……可能是光线吧，这个也说不好，也可能传感器突然……"技术人员也一脸迷茫。

数着视频编码，顺着时间线，梁关点到了第 4 个视频片段，"看看这个。"

技术员麻利地点开，镜头里，一只灰色的鸽子扑腾着翅膀，落在了窗台上，可是因为窗台太窄，一个没站稳，又扑腾着翅膀飞走了。不出意外，这段影像是这只鸽子激活的。

"时间，看时间，这应该是坠楼案发生那天早上，看看几点。"梁关的话似乎突然又燃起了围观人员的希望，每个人都攥紧了双手,目光跟随着技术员的光标移动。

"这是 9:01 到 9:11。"

梁关心里咯噔一下。如果是这个时间段,那么可能就刚好错过了案发的时刻,梁关皱了皱眉,现在可不是放弃的时候。所有人都屏住了呼吸,目光紧紧地盯住了屏幕左下角,也就是住院部大楼 10 楼露台的方向。

终于,露台的那扇门在视频静止到 6 分 13 秒的时候发生了变化。推门进来的人,正是所有人期待已久的那个身影:杨静尤。

阿尤穿过门后,径直来到露台边缘,踮着脚尖向楼下看了看,然后熟练地扒上栏杆,背身坐在了栏杆上。这时候,李悦从门里面冲出,然后到了距离阿尤一两米远的地方,不敢轻易靠近。就在这个距离上,两人不知道说了什么。35 秒后,阿尤突然向后倒去,李悦一个跨步上前,眼看着拉住了她衣服的一角,可能是因为阿尤坠落的惯性太大,也可能是因为李悦往前冲得太猛,她瘦弱的身躯在一瞬间又没有准备好承受这巨大的冲击力,然后,就被阿尤带出了栏杆。等另一只手试图做保护的时候,已经来不及了。而两人坠落的瞬间，尤茜从那扇门冲了出来。

梁关让技术人员放大了静静坠楼瞬间的画面，然后做了清晰处理，又来来回回把这一小段放了很多次，最后，大屏幕的画面定格在阿尤坠落瞬间的背影上。她双臂张开，举过头顶，高昂着头颅，像一个骄傲的体操运动员，完成了人生中最后一次表演后，完美地谢幕。

感谢张经理，感谢老师傅，感谢那只灰鸽子，感谢监控没有调准的时钟，也幸好有直播到医院的"滨江小狼狗"——如果其中的某一个环节发生哪怕是一丢丢的偏移，可能真相就像滨江转瞬即逝的大雪，化成一粒沙，永远沉入滨江之底了。

28

尾声

"小胡，10岁的小女孩早恋，当家长的该怎么办呢？"

"攀姐，我一没谈过恋爱，二没当过家长，我怎么能知道呢？"胡飞合上了面前的资料夹，突然意识到了什么，眼睛一转，"多多谈恋爱了？"

"也不是吧，这么大的小孩都这么早熟了吗？"叶攀皱了皱眉，"不想了，头疼。不过这次阿尤的事，我发现，可能有时候人们都太低估小孩的想法了。反过来想，小孩也不是一天就长那么大的呀！"

真相大白后，所有人都轻松了不少。尤茜看到阿尤的遗书之后，很是自责，阿尤那么懂事，自己却没有认真关心阿尤的想法，但也终于释怀了——毕竟，阿尤走的时候是快乐的。而且，为了阿尤，她也会好好地活下去。

虽然尤茜还没有完全接受魏强，但叶攀觉得，魏强是真心对尤茜好。虽然有时候是冈了点，但只要认真起来，还是挺靠谱的。两位老人的早餐店也在热心人的帮助下重新布置了起来，听说尤茜出院后就会重新开张。毕竟忙了这么多年，老人都习惯了，闲不住，而且，还有那么多老顾客等着吃这一口煮不烂的馄饨呢。

尤茜也专门通过警方找到了当时报警的胡飞，私下表达了感激之情。胡飞心里的一块石头也终于落了地。编辑部本来想借此机会做一个正能量的道歉和专题报道，却被叶攀拦了下来。而且，两家大媒体也默契地达成一致，不再对尤茜及其家人进行跟踪报道——还他们一家平静，才是对他们最好的道歉。

当然，这次兴风作浪的媒体和见风使舵的自媒体也都受到了相应的处罚。

滨江传媒和《新滨报》都开始为期一个月的自我纠察，不是那种走走过场的形式，而是真正落在媒体价值观上的深刻反省。滨江传媒的新闻直播也被暂时叫停，鉴于影响力之大、内容准确性的不可控，正在接受各方面的评估和改进，短期之内应该不会再有直播了。

叶攀也受到了滨江传媒的内部处罚，暂缓了升职进程。廖建国的退休大计也不得不往后推，但老头子也乐呵呵地表示接受，毕竟退休后远离新闻的日子，还真不一定比现在舒服。趁着这个机会，廖建国也构思起了自己的第三本书《新闻之罪：骚动的第三只眼》，不用说，这次阿尤的新闻事件一定会成为书中一个相当经典的反思案例。

叶攀也主动申请重回一线一段时间，去深度部追踪那些被新闻和舆论遗忘，却更真实也更重要的人和事，在找回一个新闻工作者理想主义初心的同时，也尝试挖掘新闻更深层次的价值。

站在廖建国的角度上，叶攀去不同的新闻部门深入体验、全面了解，也是在她接手滨江传媒之前一次难得的视野升级机会。虽然"滨江在线"的影响力和营收占到了整个滨江传媒60%以上的份额，但还有"滨江晚报""滨江夜读""滨江生活周刊""滨江人物志""滨江深度追踪"这几条不同新闻形式的产品线。所处位置不同,思维方式当然也不相同,但终究是为新闻的核心价值服务。多掌握一样工具,多看到一种可能,自然就能多一种思考方式,多一点深度和理性,也多一些大局观。这也是叶攀因为年轻而缺乏的一些东西。现在叶攀能自己意识到不足而去主动寻求提升,廖建国很是欣慰,觉得自己没有看错人。

自媒体方面,有上千个用户被关进了小黑屋,封禁了197个涉嫌传播虚假信息的公众号,其中就有刘小龙用来蹭医院道歉热度和造谣的那个"热血冷眼"的公号。刘小龙旗下"小龙说事儿"矩阵的所有大号也因为转发和炒作的连带责任被集体禁言一个月。刘小龙倒是笑呵呵地表示接受处罚,深刻反省。

处罚最严重的要数以"滨江小狼狗"为代表直播跳楼的几个网红,不仅账号被封、平台被处罚,"滨江小狼狗"和另一个主播还因为违反《中华人民共和国治安管理处罚法》被行政拘留。这让这些网络主播靠博眼球的方式获取关注的行为得到了一定程度的警示和遏制,也算是给广大好事的网民一个警示：凑热闹也要有底线，在网上说话也是要负责任的。

事情有坏的一面，也有好的一面。由于滨江传媒和《新滨报》积极配合警方工作，也让双方都意识到了信息审核机制和警媒沟通上存在的问题，警方也反省了自身在信息公开和表达上的滞后性。经过多方协调，警方也在滨江传媒的帮助之下，在各个媒体平台上开通了官方账号，对于舆论最关心的问题，通过这个官方渠道严谨地发布通告。从源头出发，也能阻止许多谣言的产生和传播。

《新滨报》去向李悦家人道歉的时候才知道，李悦的家人收到了来自李更的一笔钱。据说，这些钱都是李更在自媒体平台利用关注和流量换来的广告费，一半给了李悦家属，另一半则给了尤茜一家，差不多填上了尤茜还没还清的贷款。而李更这个人，却就是人间蒸发一般，彻底在社交媒体上消失了。而"李更先生"这个名字，却像是一个符号一样，成了网络侠客的代名词。

刘小龙也借机成立了一个公益基金，在媒体和政府的监督之下，接受广大群众的捐赠，而这部分资金，则主要用于久病儿童和病人家属的心理关怀。基金上线第一天就收到了超过 100 万元的捐赠款，其中就有张经理因为提供了有价值的线索而获得的 10 万奖金。总计超过 2000 位捐赠人中，有将近三分之一都留下了"李更先生"的名字。

阿尤的自杀事件让人们意识到，在关注儿童身体疾病的同时，也不能忽视孩子和家长心理层面的问题。虽然在为孩子治病的过程中，家长和孩子都承受着巨大的压力，仅仅是操心身体上的事情，就已经消耗完了所有的心力，但这至少是一个开始。让人们意识到，即使是那么小的孩子，也会有自己的想法。每个家长都想让孩子战胜疾病，但在这个艰难的过程中，孩子和家长都在成长，如果能良好地沟通，互相多理解，可能在战胜病痛的路上，双方的压力都会小一些吧。

当然，阿尤已经走了，现在也不能确定阿尤当时的心理健康状态到底是什么样的，也不能断定她有抑郁症等精神疾病。网上有几个细心的福尔摩斯从阿尤的抖音视频里找出了一些蛛丝马迹，来佐证孩子其实已经有自杀倾向的判断。但叶攀感觉，阿尤心理其实是健康的。她知道自己在做什么，也知道会有什么后果，能够勇敢地去面对。从她成熟的表现来看，这应该是她内心的选择。

也正是因为阿尤的事，让叶攀反思了自己看待多多的态度。她也终于将多多的那份70分的语文试卷翻到了作文的那一页，逐字逐句地读了两遍，一边感叹多多细腻的心思，一边也发现了让她头疼的早恋问题。

叶攀放松地做了个深呼吸，翻开微博，"医院坠楼案真相"的热搜早已经不见，满屏都是吴坤阳出轨的消息。这才新年头一天，微博的颜色就由红变绿了。叶攀一脸疑惑："这个吴坤阳是谁啊？"

"你不知道阳阳吗？"

"啊？是谁？"

"攀姐，您最近都不看综艺节目了吗？就是最近很受欢迎的那个选秀节目里的第一名。"

"哦，'小鲜肉'啊？"叶攀似乎终于明白了。

"他也出轨了，心累，不能再爱了。"

"多多昨天也说了类似的话，你们现在的年轻人……"叶攀摇着头，语气中满是难以理解。这时，她收到了陈福军发来的微信：手术成功。

看到这四个字，叶攀脸上终于露出轻松的笑容。

"文文妈来了，我们走吧。"胡飞示意窗外的方向，叶攀透过肯德基的玻璃向外望去，那个抱着孩子的母亲正在四处张望着，叶攀做了个深呼吸，已经很多年没有这么紧张的感觉了，她脑海里快速地过了一遍陈福军交代的细节，胡飞已经走到了门口，她快步跟了上去。互相打过招呼之后，三人一起走进了天平街。

（完）